文庫書下ろし／長編時代小説

未だ謎

芋洗河岸(3)

佐伯泰英

光　文　社

この作品は光文社文庫のために書下ろされました。

目次

拡大図
根津権現
寛永寺
七軒町
加賀前田家上屋敷
中山道
不忍池
広徳寺
阿部川町
東本願寺
新堀川
菊坂町
麟祥院
池之端仲町
下谷広小路
湯島天神
湯島切通町
上富坂町
春日町
御徒町
蔵前
三味線堀川
下谷御成通
森田町
水道橋
神田明神
外神田
御米蔵
神田川
向柳原
明神下
天王町
昌平坂学問所・聖堂
一口稲荷（太田姫稲荷）
一口坂（淡路坂）
昌平坂
神田佐久間町
浅草橋
柳橋
昌平橋
八辻原
筋違御門
和泉橋
柳原土手
両国広小路
回向院
幽霊坂
両国橋
南本所元町
馬喰町
内神田
雉子橋御門
一ッ橋御門
神田橋御門
三河町新道
小伝馬町
今川橋

北
東
南
西
荒川
千住大橋
鐘ヶ淵
隅田村
隅田川
寺島村
千住道
小塚原
日本堤
三河島
日暮里
田端
駒込
谷中
金杉上町
新吉原
鷲神社
山谷堀
今戸町
今戸橋
小梅村
千駄木
白山
下谷
東叡山寛永寺
浅草寺
御数寄屋町
根津権現
本郷
中堂
御薬園
小石川
伝通院
東本願寺
幡随院
広徳寺
阿部川町
浅草花川戸町
吾妻橋
竹町ノ渡し
新堀川
田原町
三間町
並木町
駒形堂
不忍池
菊坂町
池之端仲町
下谷広小路
湯島天神
御徒町
蔵前
春日町
水戸徳川家
北割下水
石原町
森田町
御米蔵
牛込
神田川
神田明神
外神田
向柳原
神楽坂
牛込御門
小石川御門
水道橋
天王町
浅草橋
柳橋
御竹蔵
南割下水
番町
昌平橋
筋違御門
和泉橋
柳原土手
両国広小路
本所
市谷
田安御門
俎板橋
雉子橋御門
一ッ橋御門
三河町新道
神田橋御門
内神田
馬喰町
両国橋
回向院
竪川
市谷御門
清水御門
小伝馬町
今川橋
日本橋
本石町
十軒店町
葺屋町
堺町
新大橋
北町奉行所
常盤橋御門
室町
小名木川
麹町
江戸城
半蔵御門
呉服橋御門
江戸橋
仙台堀
深川
西之御丸
南茅場町
材木町
永代橋
南町奉行所
鍛冶橋御門
京橋
八丁堀組屋敷
霊岸島
富岡八幡宮
熊井町
桜田御門
永田町
赤坂御門
西本願寺
数寄屋橋御門
新橋
石川島
越中島
山王権現
築地
溜池
佃島
幸橋御門
汐留橋

【主な登場人物】

小此木善次郎……二十八歳。美濃国苗木藩遠山家に務める代官であったが、藩からの半知通告を受け困窮し、国を出て浪人となる。江戸で、神田明神下の「一口長屋」に居を得る。剣法・陰流苗木と夢想流抜刀技の腕を見込まれ、青柳道場の客分師範となり、また、一口長屋の大家・越後屋、神田明神、芝居小屋中村座の「守護人」として生計を立てる。

小此木佳世……夫である善次郎と国を出て、二年をかけて江戸に辿りつく。旅の途中で一子、芳之助をもうける。

芳之助……善次郎と佳世の長男。四歳。

越後屋嘉兵衛……神田明神門前にある米問屋の九代目。一口長屋の大家。裏の稼業として旗本、大名家などへの金貸し業も営む。

孫太夫……越後屋の大番頭。

義助……一口長屋の差配。善次郎一家を長屋に住まわせる。

吉……義助の妻。
青柳七兵衛……幽霊坂に神道流道場を構える道場主。
財津惣右衛門……青柳道場の筆頭師範。
安生彦九郎……青柳道場の見習門弟。善次郎を真の師匠と仰ぐ。
那智羽左衛門……神田明神の権宮司。
宮田修一……神田明神番所の見習神官。
まむしの源三郎……神田明神下に賭場を開く野分の文太の用心棒。

未だ謎——芋洗河岸（3）

第一章　賽銭泥棒

一

改めて申し述べる。

昌平橋はその俗称を芋洗橋（一口橋）といい、この界隈の神田川の河岸を芋洗河岸と呼んだ。あるいは筆記する折りは一口河岸と認めた。知恵者の古老は、

「あざ名は昌平、本名は芋洗、俗称は一口よ」

と称したものだ。

文政十一年（一八二八）夏。

美濃国小名苗木藩の下士だった小此木善次郎と佳世の夫婦が神田明神社門

前町に住み始めて二年が過ぎようとしていた。

善次郎が米問屋越後屋の主、一口長屋の大家の九代目嘉兵衛から願われた謎解きは未だできていなかった。もはや善次郎は一口長屋の謎を探ることを諦め、江戸暮らしにひたすら馴染もうとしていた。

在所の苗木からの旅の道中で生まれた芳之助は、長屋の住人の娘たち、おみのやかずらを実の姉のように思い、親しんでいた。ために両親が教え諭しても、武家言葉を話すことなくふたりの姉と同じように、芋洗河岸界隈の職人言葉を喋った。

「芳ちゃん、姉ちゃんたちと遊ぶときはさ、おれと言いな。一口長屋じゃ、みんな身内だぞ。他の長屋の子なんてくずったれよ」

「おみのねえちゃん、おれ、ほかの長屋のへいちゃんとなんか、あそばねえ」

「それでいいんだよ」

長屋の庭の一角で話される子どもたちの問答を聞いて善次郎は佳世と顔を見合わせたが、

「致し方ないわ。今の芳之助にとっては、言葉より姉さんふたりと遊ぶことが大事なのだ」

「おまえ様、剣術の稽古は何歳から始めますか」

佳世が話柄を変えた。

「芳之助は、同じ齢の男の子より三、四寸（約九〜十二センチ）は大きい。背丈だけなら剣術の稽古を始めてもよいが、筋肉がついておらぬ。やはり六、七歳になってからかのう」

「それまでおみのちゃんとかずちゃんが芳之助の姉様、いえ、姉弟分ですか」

「そういうことだ」

と善次郎は答えた。

いずれ六歳になった芳之助に剣術の手ほどきをするといっても、いっしょに武家言葉や作法を教え込むのは、一口長屋では難しかろうと案じていた。一方で一口長屋の住み心地には満足していた。

この長屋の住人は差配の義助一家を筆頭に八五郎、登ら二軒の他に、近くの神社で男衆を務める大助の夫婦、この界隈で長年寺子屋を営み、ただ今は「隠居」と呼ばれてひっそりと暮らす龍右衛門と里女の老夫婦、さらに小此木一家と六組が住んでいた。この六組の中で在所の出の者は小此木善次郎一家だけだ。

一口長屋の土壁はしっかりとした造作で天井も高かった。

越後屋は、一口長屋を建てる際、なぜかたな賃以上の普請をしていた。九尺二間の広さは苗木藩の下士の長屋住まいと変わらなかったが、善次郎も佳世もさほど不じゆうは感じなかった。

ところが長屋を厄介が見舞った。

遊び盛りの娘がいる屋根葺き職人の八五郎は、差配の義助に内緒で畳の間の上に中二階を一気に造り上げたのだ。植木職人の登が手伝ってのことだった。三畳の広さが増えて、八五郎と娘のかずの寝床になり、日中は子どもたちの遊び場にもなっていた。

それを見た登も、

「うちも中二階を造作したいな、手伝ってくれるよな」

と言い出し、八五郎が、

「ううーん」

と唸った。

「どうしたえ」

「差配の義助に釘を刺されたんだ」

「なんてよ」

「あいつな、この普請を知ってやがる」

「……差配のわっしに隠しごとしてねえか」

と差配の義助がいきなり八五郎に質した。

「隠しごと、なんのことだえ」

「一口長屋の普請はさ、壁も並みの長屋と違い、本式の土壁で隣の話し声なんて気にならないよな。だがよ、子どもが騒いでいるのが、うちの高え天井付近から聞こえてくるのはどういうことだ」

「なにっ、そんな馬鹿な話があるか。おお、かずの声は甲高いからな。響くのかね」

「八五郎さんよ、おめえさんのでけえ鼾も棟割の壁を伝って聞こえてくるぜ。いいかえ、わっしは、昨日今日の差配じゃねえや。おめえさんとこが、中二階をこさえたなんてとっくに承知なんだよ。さあて、どうしたもんかね」

「ど、どうしたもんかねって、大家の越後屋に知らせるのかよ」

「そこだ。そこまで行く前に元どおりにしねえか」

「いまやあの中二階の板の間はうちにとって、大事な広さなんだがな。少しばかりたな賃を余計に払うから、見逃してくれねえか、差配さんよ」

「たな賃をおまえさんとこだけ上げるとなると、越後屋の九代目嘉兵衛様がよ、どういうことですか、と不審がるな」

「つまり越後屋に知られるか」

「ああ、たな賃の値上げは藪蛇だな」

「義助さんよ、どうすればいい」

しばし間を置いた差配の義助が、

「おめえさんのとこだけで、中二階の造作は済みそうか」

「ううーん、おれんちの普請を手伝った登が羨ましそうな顔をしてやがる。早晩、おれに手伝えと言い出すな」

「となると、差配としてもはや見逃すわけにはいかねえや。越後屋の嘉兵衛様に伝えるしかないな。いや、その前に」

「大番頭の孫太夫さんに伝えるのかよ。あの年寄りは厳しいからな、ひどく怒鳴られそうだな。いや、長屋を出ていけと命じられるかもしれねえな」

「……って問答したばかりなんだよ、登よ」

「えっ、そんな話がありか」

「どうするよ」

登が八五郎を見た。

「うん、もはや差配の義助ではどうにもならないや。嘉兵衛旦那に話してよ、頭を下げるしかあるまい。そんでよ、おめえのところの普請も願う」

というわけで差配の義助に連れられた八五郎と登の両人は越後屋を訪ねた。

その折り、偶さか幽霊坂の青柳道場の稽古帰りに小此木善次郎が越後屋に立ち寄り、店先で茶を喫していた。

「おや、わが一口長屋の面々、それがしと同じく茶を喫しに来られたか」

と善次郎が声をかけた。

三人の表情は不安げでえらく硬かった。

それを見た善次郎は、

(はは あ、あの一件か)

と気づいた。

「いえね、ちょいと厄介ごとで、大家さんに相談というか、お詫びに参りましたんで」

と義助が帳場格子の中にいる孫太夫を直視することなく告げた。差配の立場は越後屋の奉公人のようでもあり、また長屋の一住人でもあって微妙だ。

「差配さん、なんですね」

と孫太夫が義助を睨んだ。

「へい、はあ、それ、なんですがね」

と義助が口籠もった。

「どうしなさった。長屋がどうかしたってか」

「へえ、大番頭さん、それなんで」

「なにがそれなんですね。さっぱり分かりませんな」

と言いながら茶碗を持ったまま、どうしたものかという体の善次郎を見た。

「小此木さんはご存じですかな」

「まあ、なんとなく察せられます。ですが、この一件、差配さんもお困りだ。八五郎さん、正直に大番頭どのにお詫びしなされ。お互い長年の付き合いです。大番頭どのも無理は申されまい」

と善次郎に言われた八五郎がぼそぼそと経緯を説明した。

すると孫太夫が八五郎を睨みつけ、

「うちの長屋を無断で造作したですと。中二階の普請なんて、台所に釘一本打ったという話ではありませんぞ。どういう魂胆です」

と怒鳴られた八五郎は真っ青な顔で、

「大番頭さん、す、すまねえ。このとおり詫びるから許してくんな」

越後屋の広土間に正座して、ぺこぺこと頭を下げた。すると慌てた登も真似た。

「なに、登さんもそんな普請をしなさったか」

「いえね、わっしも八五郎さんの中二階を見てね、いいな――」

「って、わっしも造ろうかと思いなさったか」

と孫太夫はさらに喚き声で怒鳴った。

孫太夫は地声が大きいうえ、耳が遠くなったせいもあってさらに大声になっていた。奥座敷まで聞こえたとみえて、主の九代目嘉兵衛が店に出てきた。

「おお、これは主どの」

善次郎が茶碗を置いて立ち上がって挨拶をした。

「小此木様は同じ長屋の住人です。ご存じでしたかな」

嘉兵衛が土間に座した店子ふたりを見ながら善次郎に問うた。

「まあ、なんとなく察してはおりました。ですが、未だわが目で確かめてはおりません」

「うーん、大番頭さん、どうしたものでしょうね」

「旦那様、容易(たやす)いことです。八五郎さんに元どおりに長屋を直させればよきことです」

と孫太夫は言い切った。

「やっぱりダメか」

と登が悄然(しょうぜん)として、正座を崩し胡坐(あぐら)を搔(か)いた八五郎を見た。

「なに、そなたも中二階を普請する心算(こころづもり)でしたか」

「嘉兵衛の旦那さんよ、わっしはね、八五郎のところの中二階の普請を手伝ったんですよ。こちらの一口長屋は並みの裏長屋とは違い、壁も土壁だし、使ってある柱や梁(はり)もしっかりして天井が高いや。そんなわけでいい塩梅(あんばい)の中二階が出来上がったんです。わっしもね、中二階を造らしてもらい、なにがしかたな賃を多く支払うんで許してもらえないかと、こうして八五郎に従ってきたんでさあ。ええ、差配の義助さんにはこの普請、無断でしたことでしてね」

と登が義助の立場も慮(おもんぱか)って言い添えた。

「そうですか、登さんも中二階を造りたいね。どうしたものかね、大番頭さん」

「旦那様、このふたりに冗談も休み休み言いなされ、と私は言いとうございます。断じて許せません」

と孫太夫が言い切った。

腕組みして沈思(ちんし)していた嘉兵衛が、

「大番頭さん、私が八五郎さんの造作を見てまいりましょう。事はそれから決めてもようございましょう」

と穏やかな口調で言い、大番頭を除いた全員が神田明神門前の越後屋から一口長屋へ坂を下った。

「ほうほう、これが中二階ね、梯子(はしご)は造り付けではございませんか。使うたびにざっかけない梯子を掛けたり外したり、大変ですね。子どもも中二階を使うのですからな、これでは危ないですな」

と嘉兵衛は言いながら壁に立てかけてあった梯子を掛けて身軽にも上った。

善次郎が板の間から見ていると、

「ほうほう、これはなかなかいい。一口長屋の設(しつら)えが大いに変わりましたな」

と独り言(ひとりごと)を言った嘉兵衛がごろりと狭い中二階の板の間に寝転んだようで姿が

見えなくなり、

「小此木様、上がってこられませんか」

と声だけが響いて誘われた。

善次郎が不安そうに見上げる八五郎に尋ねた。

「八五郎さんや、そなたが造った中二階、大人の男がふたり上がっても大丈夫かな」

「それはもう、梁の間にしっかりとした木を噛ませてございますよ。その上に板張りです。大人のふたりや三人上がっても大丈夫ですって」

と言われた善次郎も刀を外して板の間に置くと梯子を上がった。すると嘉兵衛が壁際にごろりと寝ていた。

中二階から畳の間と板の間、勝手や竈が見えるようになっていた。ただし床板から二尺（約六十一センチ）ほどの高さに格子戸が張ってあり、子どもたちが階下に落ちないように工夫されていた。

善次郎も格子戸の上から見下ろした。

板の間では義助と八五郎が、土間には登が立ってこちらを見ていた。ガサゴソと音がして嘉兵衛が善次郎の傍らに来た。そして、小声で、

「子どものころに返った気分ですよ」

と囁いた。

「在所の苗木ではそれがし、大きな楢の木の枝の上に小さな小屋を造って遊んでおりましたぞ」

「私、幼い折りに中庭に小屋を造って祖父に激しく叱られ、片づけさせられました」

米問屋にして闇の金貸しもなす越後屋の当代嘉兵衛と善次郎のふたりは幼き日の思い出を語り合った。

九代目の機嫌が悪くないとみた善次郎が、

「嘉兵衛どの、この一件、どうなされます」

と質した。

「壊すのは惜しゅうございますな。ですが、子どもが上り下りするのにはあの梯子では危ない。うちが大工を入れてしっかりとした安全な中二階を造り直しますか」

と善次郎に相談するように話しかけた。

「おお、それはありがたい」

「どうですね、小此木さんの店にも中二階を造りますか」

「佳世に相談してみましょう」

との返答に嘉兵衛が沈思した。すると、

「小此木善次郎様は越後屋の守護人でしたな、うっかり忘れておりましたぞ。さようなお方が長屋の中二階はいけません。常々敷地に一軒家を建てなされと申しておりますが、そのたびにお断りなされましたな。この際、長屋に手を入れるついでに小此木家の長屋を増築しませぬか。これならば一軒家ではなし、一口長屋の住人に変わりなし、さらに一口長屋の守護人に相応しい住まいになります」

と嘉兵衛が言い切った。

そのとき、階下から八五郎が、

「大家さんよ、やはり中二階は壊さなきゃならねえかい」

と質してきた。

「小此木様、階下に下りて皆と相談しましょうか」

という大家の言葉を聞いたとき、善次郎は、

(おお、これは皆が喜ぶな)

と思った。

階下に一口長屋の大家にして所有者の越後屋嘉兵衛、差配の義助、住人の八五郎、登、さらには善次郎らが顔を揃えた。

「なかなかいい中二階ですな。ただしこれでは子どもたちが危のうございます。うちの長屋で梯子段から落ちて大怪我なんていけませんぞ」

と嘉兵衛が言い切り、愕然とした八五郎が、

「やはり壊すしかねえか。一時の二階建て住まいだったがよ、元の木阿弥、九尺二間に舞い戻りか」

「いえ、壊しませんぞ」

「どうするんで、大家さんよ」

「うちに出入りの大工を入れて、しっかりとした中二階に造り替えます」

との嘉兵衛の言葉を聞いた住人のふたりが冗談ではないかという風にしばし考え込み、

「おおっ」

「やった」

と喜びの声を上げた。

「その折り、越後屋の守護人小此木様の長屋を北向きに広げて建て増しします。

この増築する部分は二階家にして一口長屋の天守閣とします。よいですな、ご一統」

また沈黙があって、義助が、

「おお、並みの長屋じゃないぞ。天守閣のある長屋だ、一口城だぞ」

と叫び、

「おれたちは一口城の家来か」

「城主は嘉兵衛の旦那か、それとも小此木さんか」

「当然城主は越後屋嘉兵衛様であるな。それがしは差し当たって一口城の守護人にして雑事方かのう」

との善次郎の言葉に、

「で、ご城主様、城普請はいつから始めますすな」

と義助が言い添えた。

「善は急げと申しますな。うちの出入りの神田明神門前の箕之助棟梁と話し合います。どうですな、小此木様、この足で箕之助親方の家を訪ねてみませんか」

との嘉兵衛の誘いに善次郎は従うことにした。

二

小此木善次郎が一口長屋に戻ってきたのは夕暮れ前、七つ半（午後五時）時分だった。長屋の住人たちほぼ全員が木戸口で出迎えた。

「おい、小此木の旦那、最前の嘉兵衛さんの話をよ、まともに聞いていいんだな」

八五郎が善次郎にまず念押しした。

「先ほど、嘉兵衛様が箕之助棟梁に普請を願ってきたゆえ間違いない。二十年前に建てられた一口長屋の大掛かりな手入れが施されることが決まった。明日にも箕之助棟梁がこちらを下見に来られる」

「おれが造った中二階を壊して建て直してくれるのか」

「いや、そなたが密かに普請した中二階からこの大普請は始まったのだ。できるかぎりそなたが建てた中二階の工夫は残すそうだ」

「そうか、あの中二階がこたびの大普請につながったか」

八五郎が満面の笑みを浮かべた。

「おお、功労者の第一番は八五郎どの、そなたじゃな」

「おれ、気になることがあらあ」

「なんだ、登」

と八五郎が質した。

「こたびの普請でよ、たな賃がどれほど上がるのか。小此木の旦那のところは二階屋に増築だぞ。並みのたな賃じゃなくなるぞ」

「そのたな賃のことだが、この度の普請による値上げなしと、嘉兵衛様が大番頭の孫太夫どのの前でそれがしに約定されたわ。向後の一口長屋のことを考え、建ってから二十年経って必要になった手入れと考えるそうだ」

と善次郎は答えながら、

(やはり一口長屋は並みの長屋ではない)

と思い返した。未だ善次郎が知らぬ謎が一口長屋には隠されているのだ。

「おお、おれの中二階造りがえらい大増築につながったぞ。登、おれにな、頭を下げな」

「こんどの一件はな、小此木様一家がよ、この長屋に引っ越してこられたことが招いた運とは思わないか」

と差配の義助が言い、善次郎を除く一同は、

「おお、そうだ」

と得心した。


一口長屋の手入れは、小此木善次郎ら長屋の住人が考える以上に大規模な普請になった。なにしろ店子が住みながらの普請だ。とはいえ素人の八五郎らが密かに造った中二階を神田明神門前の箕之助棟梁の束ねる年季の入った大工たちが補強する作業には、さほど日にちはかからないという。ために広い敷地の一角にざっかけない小屋を建てて、八五郎と登一家はそちらで何日か暮らすことになった。長屋の住人は暇のあるなしに拘わらず普請場見物で時を過ごした。

「小此木の旦那、一口長屋は特別だよな、この小屋からだって江戸が望めるなんてのは、一口長屋でなけりゃあ、ないよな。この界隈ったって他の雑多な裏長屋では、この広々してさ、長閑にしてさ、乙な感じはねえもんな」

八五郎がまるで一口長屋の大家のような口調で威張ったものだ。

「いかにもいかにも」

「小此木さんのところの建て増しもおれたちの長屋の手入れが済んだら始まるん

だよな。そしたら、この小屋に引っ越してくるかえ。なんたって夜中に小便に行くのに厠(かわや)が近くていいぞ」

「さようか、八五郎どのは夜中に幾(いく)たびか厠に行かれるか」

「酔いが醒(さ)めた時分に寝床から出て、厠に行くだろ。真冬なんて体が冷え切って直(す)ぐに眠れねえや、長屋の敷地が広過ぎるんだよ。越後屋め、長屋の一角に厠を造ってくれねえかね」

こんどは一口長屋の敷地が広いことに文句をつけた。

「長屋の一角に新たな厠でござるか。となると越後屋どのに願うしか策はなかろうな」

「嘉兵衛さんの前によ、大番頭の孫太夫が立ち塞(ふさ)がってやがる。『長屋に厠を新しく設(もう)けろだと。こたびの中二階を主人が許されたからといって、次から次と甘えるのではない』って怒鳴り声が聞こえるようだぜ」

そんな八五郎たちの住む一口長屋の中二階の手入れが終わったのは職人たちが出入りを始めて五日もしないうちだった。

「小此木さんよ、わっしらは古巣の長屋に戻るぜ。うちの中二階にはよ、板の間からなかなかしっかりとした階(きざはし)が設えられてさ、うちの住まいじゃねえみたいだぜ」

と初めて自分の住まいの中二階に上がった登が嬉しそうに善次郎に報告した。

「それはようござったな」

「で、おまえさんはおれたちが住んでいた小屋にいつ移るよ」

「未だ越後屋どのからなんの話もないのだ」

と善次郎が答えた日の昼下がり、神田明神の見習神官宮田修一が一口長屋を訪れて、興味深そうに普請場を眺めていた。

「おや、修一か、普請場に関心があるのかな」

「いえ、権宮司がお呼びです」

「おお、御用かな」

「さあ、それはなんとも分かりません」

「ならば参るか」

ふたりが川向こうにある一口稲荷の分社の小さな社に拝礼して長屋の木戸口を潜ったとき、越後屋の嘉兵衛と棟梁の箕之助が立ち話をしていたが、

「おお、小此木様、このあと、長屋に入らせてもらいますよ」

「そなた様の長屋です、なんの差し障りもございませぬ。わが妻は差配のおかみ

さんの吉(きち)どのがたと買い物ですでな」

と言い残した善次郎に、

「権宮司の那智(なち)様に呼ばれましたか」

と見習神官の修一を見て言った。

神田明神とその門前町を取り仕切る越後屋とは以心伝心、必要が生じればなんでも情報を共有していたから、なんで呼ばれたか、嘉兵衛は承知のようだと善次郎は推量した。

「あちらの話が終わったら、うちに立ち寄ってくれませんか」

「承知しました」

と返答をした善次郎は箕之助棟梁に会釈(えしゃく)して神田明神の社務所に向かった。

権宮司の那智羽左衛門(うざえもん)は煙管(キセル)を咥(くわ)えてなにごとか思案していた。

「那智どの、御用と伺い、かく参上致しました。それがしで役に立ちましょうか」

「おお、小此木様、面倒をかけますな。ちと厄介な話でしてな、座敷に上がってくだされ」

との言葉に腰の長谷部國重(はせべくにしげ)を外して手に携(たずさ)えて座敷に上がった。未だ炭の入っていない火鉢を挟んで善次郎は座した。

だが、権宮司は直ぐには口を開こうとしなかった。善次郎は待つしかなかった。

修一が社務所の腰高障子を閉めたのでふたりが対面しているところは表から見えなかった。

「権宮司どの、それがし、神田明神のいささか頼りない守護人でござる、そのこと、当人が一番承知にござる。お役に立てるかを案じておられるようですな」

「おお、そうではありませんぞ。どこからどう話してよいか迷っておるのです」

と権宮司が応じたところに奥から修一が盆に茶碗をふたつ載せて座敷に持ってきて、ふたりの間に盆を置くとすっと奥へ姿を消そうとした。

すると羽左衛門が、

「修一、この御用部屋にだれも入れてはならん。わしが、よしと言うまでそなたもだ」

と忠言(ちゆうげん)した。

「はい、畏(かしこ)まりました」

と応じた修一が消えた。

それを見届けた権宮司が、盆の茶碗のひとつを手に取って、くうっ、と口に含んだ。酒の香りがした。

権宮司が酒好きなことをすでに善次郎は承知していた。なにか迷いごとがあるとき、茶碗酒を喫することは、この界隈の住人に知られていた。

権宮司が話し出さないのを察した修一が迷いを封じる酒を供したようだと思った。

「このところ賽銭箱の金子が減っていましてな」

と不意に茶碗を手にした羽左衛門が言った。

江戸の景気が決してよくないことを二年の暮らしで善次郎は承知していた。とはいえ、不景気のせいで賽銭が少ないことを、善次郎に相談されてもどうにも助勢のしようがないと思った。

「うちでは半年に一度、賽銭箱を開いて賽銭を回収します。そろそろ賽銭箱を開ける日が近づいていますがな、前々回、前回といつもの平均の賽銭の二割から三割ほどしか入ってございませんでした」

と言った。

「このご時世ですからな。賽銭が少なくても致し方ございますまい」

「いえね」

と応じた羽左衛門がまた黙り込み、また茶碗酒を手にしたが口に持っていくことはなかった。

「長いこと神田明神社に勤めておりますとな、不景気、江戸の大半を焼き尽くすような大火事、隅田川（大川）の両岸を浸水させる大雨のような災難に幾たびも見舞われました。そのようなあと、賽銭箱にはいつもより多く賽銭が入っているものでございますよ」

「な、なんと」

と思わず善次郎は驚きの声を漏らした。

「小此木様、江戸っ子をあれこれと論う方もおられます。けどね、江戸っ子は自分が苦しいにも拘わらず巾着の銭をすべて賽銭箱に放り込む心意気の持ち主なんですよ。かように景気が悪い最中には、それなりの賽銭が上がります」

「驚きました」

「こたびもまた私の勘では、まず例年並みの賽銭があの大きな賽銭箱に入っておりましょう」

と言い切った。

「最前、権宮司どのは、この二回ほど、賽銭がいつもより少なかったと申されましたな。それがこたびは旧に復しますか」

「ただ今のところはさようです」

と妙なことを権宮司が告げた。

「小此木様にかようなことを願いながら、並みの年の半期におよそいくら入っているか、その額は私の一存では申し上げられません。それなりの額ということでお許しくだされ」

「は、はい」

と応じた善次郎は、

「権宮司どの、いまひとつ話が呑み込めませぬ。それがしにどうしろと申されますので」

「いま少し我慢して聞いてくだされ」

と善次郎に願った権宮司が、

「今月末に賽銭箱を空にします」

「その際、賽銭はいつもどおり入っていまいと案じておられますか」

「はい。このままだと間違いなくただいま賽銭箱に入っている賽銭の七、八割が今月末を前に消えておりましょう」

「前々回、前回と同じようにだれぞに盗まれると申されますか。ならばなぜ寺社方の役人どのとか、町奉行所の与力・同心に相談なされませんでしたか」

「むろん前々回の折りに賽銭が少ないことを寺社奉行支配下の同心に届け出ました。寺社方では、『賽銭が少ないというて、われらにどうしろというのだ』と申されてしっかりとしたお調べはありませんでした」

「ううむ」

と善次郎は唸った。

「それでも寺社奉行吟味物調役支配下小検使同心の佐貫壱兵衛様が、私の言うことを気にかけられ、密かに調べると約定なされました」

「おお、よい同心どのがおられたな」

「佐貫様と私、ひと月に一度の割りで会い、次の賽銭箱開きの際に賽銭の額が並みの年に返るようにあれこれと仕掛けをしてまいりました」

「成果はござったか」

善次郎の問いにふうっ、と那智羽左衛門権宮司が息を吐いた。

「前回の賽銭箱開きまでふた月と迫ったおり、私と佐貫同心とで池之端の茶屋で会いまして情報を交換し合いました。その折り、のことです」

「まさか賽銭は減ってはおるまいな」

佐貫同心が質し、

「佐貫様、ただ今のところ異変はありません」

と権宮司が答えた。

「この四月(よつき)、賽銭が少ないという様子はないか」

「ございません」

「となるとふた月後が楽しみか」

「あるいは前回同様に少ないか」

「それでは、そなたの観察がおかしいということだぞ」

「佐貫様、私の勘と経験を信じてくだされ」

佐貫同心の探索について深く問い質さなかった。だが、羽左衛門は佐貫同心が今回の賽銭は減らないと、ある確証を得ている気がした。

「このふた月、それがし、密かに拝殿に毎夜籠もって賽銭箱を見守ろうぞ。なんとしても盗人(ぬすっと)の化けの皮を剝(は)がしてみせる」

「お願い申します」

そこで間を置いた羽左衛門が、

「……小此木様、それが佐貫様との最後の別れにございました」

と不意に告げた。

「どういうことかな」

「私どもが別れた翌朝、惨殺された佐貫同心の骸が不忍池の岸辺に浮かんでおりました。私は、淡路坂下の御用聞き、左之助親分から知らされました」

「そなたらが茶屋で別れたのはいつだ」

「五つ半（午後九時）でした。私は四半刻（三十分）ほど茶屋に残り、駕籠を呼んでもらって神田明神に戻りました」

「佐貫どのは強盗の類に襲われたか」

「いえ、左之助親分が、佐貫同心は神田明神の御御籤を手に握らされていたと、私に見せてくれました」

「なに、佐貫同心とそなたとの密会を承知の者がいたということか」

権宮司が首肯した。

「佐貫どのの剣術の腕前はどうでしたな」

「寺社奉行支配下の同心では一、二を争う技量の持ち主と聞いております」

「佐貫どのはその夜、酒を飲んでおられましたか」

「迂闊(うかつ)でした。私がかように酒飲みのせいで付き合い酒をなし、一合半ほど飲んでおられました」

「酔っぱらうほどではないな」

と自答した善次郎はしばし間を置いて、

「ともあれ、この数年神田明神の賽銭箱の金子を抜いていた者がいると権宮司どのは申されるのですな」

と改めて確かめた。

「小此木様はこれまで私が申してきたことを信じられませんか」

「いや、そういうわけではないが」

と曖昧(あいまい)に答えた。

「小此木様、佐貫同心を殺した者は、そなた様がこの一件に新たに関わるだろうことを承知していると私は推量しております。つまりその者は神田明神に深く関わりのある者です」

と羽左衛門が推量を述べた。

「その者、剣術は凄腕（すごうで）とみてよさそうですな」

善次郎はこのところ影も見せない者に見張られていると気づいたことを思い出した。あの不審な見張りは、一口長屋に関してではないかと推量してきたが、ひょっとしたら神田明神の賽銭箱を巡っての一件かもしれないと思い直した。

「賽銭が抜かれるようになったのは、小此木様一家が神田明神下に引っ越してこられてからですぞ」

「なに、権宮司どの、それがしが賽銭泥棒と言われるか」

「いえ、事実を申し上げているだけです。小此木様が自らに疑惑が降りかかっていると思われるならば、佐貫同心殺しを捕えるしかございませんな」

と神田明神権宮司の那智羽左衛門が無責任にも言い添えた。

三

小此木善次郎は神田明神社の社務所から米問屋越後屋にゆっくりと向かった。

紋日（もんび）ではないがお詣（まい）り客はそれなりにいた。それにしても、

「神田明神に深く関わり、剣術の腕前が寺社奉行支配下一、二の佐貫同心を斬り

捨てるほどの者がいるかどうか」

善次郎には見当もつかなかった。

神田明神に関わる氏子や地域の住民は大勢いよう。明神下に武家屋敷もあった。その中に剣に秀でた技量を持つ者がいても不思議ではない。だが、心当たりは善次郎にはなかった。過日から密かに善次郎を見張る者が佐貫同心殺しの下手人と同一人物なのだろうか。さらにこの者が神田明神の賽銭箱の中身を二度にわたり、巧妙にも盗んでいるとなると、善次郎の想像をはるかに超えた人物ということになる。

（なにかが欠けている）

いや、

（剣技の持ち主にして殺し屋、さらには賽銭泥棒）

とは腑に落ちぬと思った。あれこれ思案しながら善次郎は、神田明神のお詣りの客らをなにげなく見ていた。

これからお詣りに行く子ども連れの一家がいて、すでにお詣りが済んで御御籤を買ったか、参道の脇の椿の枝に結ぶ夫婦者がいた。御御籤は、

（吉であったか凶であったか）

善次郎はこんなことまで妄想した。

あっ、と思った。

善次郎は神田明神の賽銭の紛失騒ぎ、佐貫同心が惨殺された一件、さらには善次郎自身が見張られていること、をひとりだけの仕業と考えていたが、ふたりか三人の所業としたらどうなるか、と思い当たった。

善次郎は足を止めた。

たとえば神田明神に深い関わりを持ち、この界隈の内情を熟知した頭分がいて、その下に賽銭箱の賽銭を盗み出す手下と、佐貫同心を惨殺するほどの剣技の持ち主がいる、その三人が組んでいるとしたら、できないことはないと思った。

ふうっ
と息をした。

なんてことだ。神田明神門前から芋洗河岸にかけての界隈、なにより一口長屋の住み心地のよさが急に訝しく感じられた。だが、

(いや、この一件、芋洗河岸や一口長屋にはなんら関わりがない)

と即座に思い直した。

ふたたび歩き出しながら前方を見ると、米問屋越後屋の店前に大番頭孫太夫が

佇(たたず)んで善次郎を見ていた。歩み寄った善次郎に、

「小此木様、なんぞ考えごとですかな。道に立ち止まり、えらく険(けわ)しい顔をしておられましたな」

「は、はい。なぜか在所に残した身内の顔が不意に浮かびましてな。かような思いつきはよきことではござるまい」

と咄嗟(とっさ)に思いついた虚言(きょげん)を弄(ろう)した。

「おや、美濃の在所におられるお身内をな。そなたの齢なれば父御(ちちご)も母御(ははご)も未だお若い、健在でございますよ」

と孫太夫が応じた。

「それがしにもわが妻にも両親や婆(ばば)様はおります。なんとなくいつまでも息災(そくさい)に過ごしておると信じてかように遠い江戸に出てまいりました。突然、歩いている最中に身内が思い浮かび、足を止めてあれこれ思案しておりました」

「さような思いつきはあまり気にかけられぬことですな」

「全くです」

孫太夫が善次郎の作り話を信じてくれたことでほっとした。

「奥座敷で最前から旦那様が待っておられますぞ」

「おお、お待たせ申しましたか。それはいかん」

と応じた善次郎は越後屋の店へと入り、三和土(たたき)廊下から内玄関に通った。

中庭を望む奥座敷では嘉兵衛が帳付(ちょうづ)けをしていた。傍らの陽だまりでは三毛猫が居眠りしていた。いつもの日常が越後屋の奥座敷にはあった。

「お待たせ申しましたかな」

「いえ、権宮司は話が長い、用事となるとさらに時がかかりましょう。話はお聞きになりましたな」

との嘉兵衛の問いに、

「はい、お聞きしました」

とだけ返答をした。

越後屋は神田明神の氏子頭のひとりであったし、深いつながりがあるのは分かっていた。だが、こたびの賽銭泥棒の一件を嘉兵衛が権宮司から聞かされているかどうか不明なので、曖昧な返事をしたのだ。

「で、なんぞ頼まれましたかな」

「なんとなく」

と返答する善次郎の顔を嘉兵衛がしげしげと見て、

「私も賽銭箱の一件、権宮司から聞かされて承知しております」

「おお、ご存じでしたか。権宮司どのから越後屋どのがこの一件を聞かされたのはいつのことですかな」

と訊いた。

「さよう、小此木様一家が一口長屋に住まわれて一年ばかり経ったころでしょうかな。賽銭箱の中身が急に少なくなったと羽左衛門さんに訴えられたのが最初でしたな」

「賽銭箱の賽銭が急に減ったという最初の出来事のすぐあとですかな」

「さようです。宮司様と羽左衛門さんに呼ばれて、『どう考えたらいいか』と私の考えを質されました。そこで『これは時節が不景気で賽銭が減ったのとは違いますな。だれぞが盗んだのではありませんか』と咄嗟に申し上げました。商人の勘や経験から察しても長年変わらない賽銭の額が大きく減ずるのはおかしゅうございます、おふたりも頷かれておりましたよ」

「そこで神田明神では寺社奉行に訴えられたそうな」

「はい、だが、寺社方では賽銭が少ないからといって、訴えなどするでないと、有無を言わせず退けられたと聞かされました」

「だそうですね」

それにしても権宮司の那智羽左衛門は、なぜ越後屋はこの話、承知ですと善次郎に伝えなかったのか、ちらりと訝しく思った。あるいはすべての懸念を分かち合う両者の間では言わずもがなであるということか。

「越後屋どの、神田明神では寺社方に退けられたといって、他の対策を取らなかったのでござろうか」

「いえ、寺社方の同心のおひとりがやはり賽銭泥棒の仕業ではないかと考え、密かに羽左衛門さんに諮って探索しておったのです」

佐貫同心のことに嘉兵衛は触れた。

「なんぞ賽銭泥棒を捕まえる目処が立ったのでしょうかな」

「ただ今、小此木様に権宮司から新たな相談があったところを見ると、日処が立たなかったということではありませんかな」

「権宮司どのから寺社方の同心どのは身罷ったと聞かされました」

善次郎は、慎重な物言いに終始する越後屋の話を先に進めるために佐貫同心の死に触れた。するとすると嘉兵衛がこくりと頷いた。なんとも険しい表情だった。

しばし沈黙が座敷を支配した。

「うちも表の商いのほか、金貸しをしていますので、危ない目にも遭わないわけではありません。このことを今さら小此木様に説明する要はありませんな」

善次郎は無言で頷き、

「この寺社方同心の殺され方、淡路坂下の御用聞き、左之助親分に仔細に聞かされましたが、佐貫同心が抗う暇もない殺しであったそうな」

と嘉兵衛は怯えた顔で言った。

「佐貫同心は寺社奉行支配下でもなかなかの剣術の腕前だったと聞いております」

「そのお方があっさりと斬り殺された。その下手人、未だこの界隈に潜んでいるとみたほうがいいでしょうような、小此木様」

ふたたび善次郎が頷いた。しばし間があって、

「そうか、権宮司も同じことを考えたゆえ、小此木様に打ち明けて相談されたか」

「さような話があることを知らされて驚きました」

「この一件、大なり小なりこの界隈では知られています。ですが、賽銭箱の賽銭が盗まれるのは自分には関わりないと考えておるのか、首を突っ込むと佐貫同心

と同じ目に遭うと気にしてか、口にする人は少ない。ゆえに小此木さんの耳にこれまで入らなかったのでしょう」

と嘉兵衛が言った。そして、

「那智権宮司は、小此木様になにを願われましたな」

「ともかく今月も残り十日ほどになったころ合いに、賽銭泥棒が事を行うはずだ。それを阻止してほしいということで、それがしが夜の間に賽銭箱を見張ることを約定させられました」

「権宮司は慎重に小此木様の人柄や剣術の技量を見極めて相談されたのですよ」

「嘉兵衛様、そなたはこの一件、どう考えられましたな」

「佐貫同心が権宮司と面談した直後に斬り殺されたと聞かされた折り、正直申して怯えました。最前も申し上げたが、この一件、多くの住人が承知です。されど内情まで知っておるのは、小此木様が加わっても数人です。そのひとりだった佐貫同心が殺された。この騒ぎのあと、内情を知る者たちの口が堅くなりました。むろん私を含めてです」

と嘉兵衛は繰り返した。

「当然のことですな」

「ともかく小此木様しか、この下手人に太刀打ちできる御仁はおらぬと私は見ています。どうですかな、小此木様」

「佐貫同心を斃した相手の正体が分からぬ以上、それがしにはなんとも答えられませぬ。ですがこの一件の話を聞かされて知らぬふりもできません。賽銭箱の中身を抜き取るなんて容易くはございますまい。越後屋どの、どう考えますすな」

「神田明神の賽銭箱は立派ですな、頑丈で大きい。かような賽銭箱から金子の七割から八割方を密かに盗み出すなんて、どうやればできるのか想像もつきませんせん」

「この賽銭泥棒、ひとりの仕業でしょうかな」

「えっ、何人も組んでおると考えましたか」

と嘉兵衛が驚きの声を上げた。

「かように二度ほど繰り返された大仕事、ひとりの所業ならば他人に漏れますまい。が、ひとりで密かに行うのは大変難しい。それにしても一夜にしてどうすればあの賽銭箱から金子の大半が盗み出せるのか、思いつきませんな」

と善次郎が首を傾げた。

しばし越後屋嘉兵衛が沈思し、言い出した。

「賽銭箱から盗まれた金子はそれなりの大金です。ひとりであれ、複数人の所業であれ、一度ならず二度盗んでおるのは神田明神のことやこの界隈のことをとくと知る人物、この界隈に住んでおる者たちでしょう。それもそれなりに知られた人物ではないかと思います」

善次郎は嘉兵衛の言葉に首肯した。それを見た嘉兵衛が、

「むろん私のことも神田明神の宮司、権宮司のこともとくと承知と思えます。毎日、顔を合わせ、挨拶し合っている者の仕業かもしれない、そう考えると不気味です。このことをそれなりに承知の人は、沈黙せざるを得ないと思いませんか、小此木様」

善次郎は大きく頷いた。

「権宮司が小此木様になにを相談し願ったか、この者、すでに承知しておりましような」

「大いに考えられます」

「私どもはまるで裸で身を晒(さら)している。一方、相手はなにひとつ知られていない。だれもが口を噤(つぐ)まざるを得ないのです」

嘉兵衛の言葉に善次郎も頷いた。最前から同じ問答が繰り返されていた。

「那智権宮司がこの土地の者ではない小此木様の人物と剣術の腕前を慎重に考慮したうえ、相談したのは至極当然です。私どもには美濃から出てこられた小此木様しか頼りにできる人物はおりません」

「さあて、それがし、そなた様らに頼りにされるだけの力を持っておるかどうか、相手を推量もできぬゆえなんとも答えようがない」

善次郎は同じ返答を繰り返した。

「それでも小此木様は権宮司の頼みを受けられた」

「嘉兵衛様、われら一家、そなたの家作（かさく）のひとつ、一口長屋の住み心地や暮らしが大いに気に入っておるのです。となれば、那智権宮司の頼みを引き受けざるを得ない」

「ありがたいことです」

と言い合った両人はしばし沈黙した。

「さあてどうしたものか」

善次郎は思わず呟（つぶや）き、言い添えた。

「手立てが見つかりませぬな。神田明神のどこぞに毎晩潜んで見張っておれば事が済むのであろうか」

「それですな。これまでもさような行いを、権宮司は複数の者に命じてやらせていたのではありませんかな」

「ほう、佐貫同心が殺されたあとのことですな」

「と、私は推測しています。何しろ神田明神の実入りは賽銭箱の金子からが大きゅうございます。それが二度にわたり、大半が抜き取られ、いままた三度目に賽銭が被害に遭うとなると、権宮司の那智羽左衛門さんの立場は危ない」

「神田明神から暇を出されるということですか」

「はい」

と答えた嘉兵衛が、

「神田明神の氏子会の間でも、三度賽銭が盗まれるようなことがあれば、宮司と権宮司のご両人は責めを負わざるを得ないという話が密かに交わされております。むろんご両人のいない場でのことです」

「嘉兵衛様は神田明神氏子会の重役と聞いておりますが、その嘉兵衛様でもふたりが辞めさせられるのを止めることはできませんか」

と善次郎が訊いた。

「無理ですな」

と応じた嘉兵衛が、ふうっと息を吐いた。

「神田明神の氏子の集いは、役目を果たしたからといって、なにがしかの賃金が出るわけではございません。いわば名誉職です。ところがこたびの賽銭騒動で神田明神の名誉職が穢されたと考えたか、辞めたいと申されるお方が複数おられます」

「もし宮司と権宮司のご両人が辞めさせられると、どなたが新たな役職に就かれますかな。氏子会の面々ということはありますまい」

「神田明神の宮司と権宮司は神職です。一時、神職不在の間、氏子会が役目を預かることはあっても、私どもが務めることはできません。かようなことがこれまであったかどうか、私の推測では、江戸の総鎮守の神田明神の一之宮大己貴命を祀る古社である出雲大社から新たな宮司と権宮司がお見えになるのではございませんか」

嘉兵衛は最悪の折りを考えたのか、そう告げた。

「小此木様、神田明神の創始は天平二年（七三〇）と申しますから千年以上の歴史がございます。その間に神職ふたりがいなくなるなんてあったのかどうか、私は存じません。ともかく宮司と権宮司が不在になるのだけは止めねばなりません」

「ううーん」

と唸った小此木善次郎に、なんら思案は浮かばなかった。

「嘉兵衛様、氏子の衆をそなた様が説得できませんかな」

「それが」

と応じかけた越後屋の九代目嘉兵衛が口を閉ざし、瞑目した。

「小此木様、ここからの話は私とそなた様の内緒話にしてくれませぬか」

嘉兵衛の口調と顔の表情がこれまでと違い、いっそう険しくなった。

「小此木善次郎、それがしの一剣長谷部國重に誓ってそなた様との話を聞いたのち、わが胸に秘めることを約す。信じてくれませぬか」

首肯した嘉兵衛が、

「一年前に賽銭が減じた結果、神田明神の運営が立ちゆかぬようになりました。権宮司の那智羽左衛門様からうちに金子の融通を願う相談がございました。神田明神の社を担保にするわけにもいかず、何百両もの金子を融通するのは厄介極まりありません。そこで氏子の集いの重役衆に話をしてはならぬかと、相談しましたが、宮司も権宮司も話を広げたくないということで、ご両人に拒まれました。

なんとも厄介な話です」

「どうなされました」

「賽銭が以前の額に戻った折りに、十年がかりで返済するという一文をご両人に認めてもらい、それなりの金子を融通致しました」

「賽銭泥棒を捕まえれば、賽銭は元の額に戻りましょう。越後屋にとっては大変かもしれませんが、利息は当てにできぬとしても、十年後には返済はされましょう」

と善次郎が思いつきを口にした。

「ところが、小此木様、一回目の賽銭泥棒に引き続き、半年後に賽銭箱が開けられ、また以前の賽銭の二、三割ほどしかないことが判明しました」

と越後屋嘉兵衛が重々しい口調で善次郎も承知のことを告げた。

四

「私、愕然としました」

と嘉兵衛が言い添えた。

「で、ございましょうな。お仲間の氏子衆からなにか注文がありましたかな」

「宮司と権宮司のふたりの責任を厳しく問う愚痴、いや、怒りの言葉ばかりです。それを聞き飽きたころ合い、私に神田明神の費えが多過ぎる、なんとかならぬかと申されるお方が出てこられました。うちが一度目の賽銭泥棒のあと、神田明神社に費えを立て替えていることを承知なのはほんの数人です。いまさらうちが費えを立て替えておるなどということを他の氏子衆の前で公にしてよいかどうか、少なくとも宮司と権宮司のご両人からは立て替えと十年がかりの返済は、なんとしてもしばらく内密にしてくれと願われています。うちとて二度目の立て替えは御免蒙りたい、そんな余裕はありませんでな」

と嘉兵衛が真顔で言った。

善次郎に応える術はなかった。

「どうしたもので」

「小此木様、そなた様になんとしても賽銭泥棒を捕まえてほしい。それしか神田明神社が立ちゆく術はありません」

長い問答の末、また話は元へ戻っていた。

「よしんば捕まえたとしてどうなりますかな。三度目の賽銭泥棒が阻止された、というに過ぎませんぞ」

「いかにもさようです。ですが、ただ今の曖昧な状態よりようございましょう。十年かけて神田明神を巡る借財をな、うちに戻してもらうのです。それもこれも賽銭泥棒の正体が判明することが第一歩です」

もはや善次郎は溜め息もつけなかった。

「こたび、賽銭泥棒を捕まえることができましょうか」

「小此木様、どのような手を使ってでも捕まえてくだされ、そして、賽銭箱の中身を盗まれる前に氏子衆の前に咎人の正体を晒してくだされ」

言葉では容易いが、これまでだれにもできなかったことだった。

「小此木様、お願い申します」

(それがし一人の力で賽銭泥棒を捕まえることなどできようか)

善次郎は幾たびも己に問い質した。

「越後屋どの、この一件、それがしひとりで務めますか。どなたか助っ人はおられませぬか」

嘉兵衛が沈思した。

「寺社方はこの一件に関わりたくないのです。となると、なんとか小此木様の助勢ができるのは神田明神の御番所の若い衆ですかな」

「おお、御番所の見習神官の宮田修一どのですか。かの者はわが在所の隣国三河出身でして、これまでに話をしましたので人柄も分かっております」

とはいえ、修一に武術の助勢を求めるのは無理だった。この界隈で流れる噂話を集めたり連絡方を務めたりするくらいの助っ人だった。

「ならば修一を小此木様の助っ人にと権宮司に乞われてみませぬか。私からも那智さんにはお願いしておきます」

嘉兵衛は修一に善次郎の助勢をさせることに賛意を示した。

しばし間を置いた善次郎が話柄を変えた。

「越後屋どの、そちらの用件を承ったところでそれがしからお願いがござる」

「なんでございましょうな」

「越後屋の家作の一口長屋は普請の最中でござるな。屋根葺き職人の八五郎どのがたの店の普請は終わり、長屋に戻ってこられた。次はそれがしの番でござるが、八五郎どのらが仮住まいした小屋をわれら使ってもようござるかな」

「おお、そのことを言い忘れておりました。小此木様は八五郎らと違い、二本差しの侍ですよ。九尺二間の長屋より狭い小屋に住まいさせるわけにはまいりません。どうです、こたびの普請はふた月から三月かかりましょう。うちの離れ屋に一家で住みませぬか」

思いがけない申し出に善次郎は長考した。

「ありがたい話ですが、うちには悪戯ざかりの芳之助がおります。凝った数奇屋造りの離れ屋に暮らすなど滅相もござらぬ。どこかにどうなってもいいような、裏長屋が空いておりませぬかな」

「そうですか、遠慮なさいますか。ううーん、うちでは他に家作をいくつか持っておりますが、一口長屋のような長屋ではありませんぞ」

「わずかふた月三月です。新たな普請の成った一口長屋が待っておるのです。どのような長屋でも我慢できます」

「さようですか。一口長屋から一番近いのは、湯島一丁目の裏手にある古長屋です。一軒空きがあるそうな。こちらなら直ぐに住めるはずです」

「おお、それはよい。そちらの差配はどなたかな」

「一口長屋と同じ義助さんが差配です」

「いよいよ好都合ですな。義助さんに断って明日にも引っ越ししましょうかな」

「小此木様、前もって説明しておきましょう。うちの家作の中でも一番古手の長屋でしてな、この界隈の住人は、古長屋とは呼ばず、越後屋のぼろ長屋と呼ぶ代物ですぞ、それで構いませんかな」

「最前も申しましたが普請を終えた一口長屋が待っておるのです。どのような長屋でも厭いません」

「そうですか、私も久しくぼろ長屋を訪ねていませんせん、あとでかような長屋に住まわせてなどと文句は御免ですぞ。その代わりといってはなんですが、たな賃は無料ですでな」

「いよいよありがたい」

「ともあれ、那智さんに願い、今日じゅうに修一を一口長屋に向かわせて、ぼろ長屋への引っ越しの手伝いをさせますでな」

と嘉兵衛が言った。

そこで善次郎はいったん一口長屋に戻って修一を待つことにした。だが、その前に古長屋の差配でもある義助に捉まった。

「おい、どこをふらついていたよ」

「差配どのか、そなたに世話になることになった」

「すでに世話になっているじゃないか。今さら世話とはどういうことだ」

「そなたが差配している古長屋に空き家があるそうな。そこへしばらく厄介になる許しを越後屋の嘉兵衛様に得たのだ」

「なんだと、小此木さん一家がぼろ長屋に移り住むか。おまえ様、見たことはあるまいな。一口長屋と比べものにならぬぼろぼろの古長屋じゃぞ」

「それも聞いた。だが、何年も住むわけでなし、ふた月か三月の間だ」

「ううーむ」

と義助が唸った。

「嘉兵衛の旦那は長いこと見たこともあるまい。佳世さんと芳之助ちゃんがいっしょに住むんだぞ、我慢できるかな」

「たな賃は無料じゃそうな。最初はな、嘉兵衛様の屋敷の離れ屋にという話だったのだ。芳之助のことを考えると、凝った離れ屋に住めるものか」

「まあ、そこまで言うならば見に行くか」

「願おう」

との問答で善次郎は神田明神社の門前から芋洗河岸に下り、湯島一丁目の裏手にあるという古長屋を初めて訪ねた。

この家作は所帯持ちより独り者が多く住んでいるらしく、一口長屋と違い、人の気配がしなかった。

「たな賃が安いからな、独り者が夜に戻ってきて寝るだけの長屋よ。芳之助ちゃんがよ、寂しがるんじゃないか」

「日中がうちだけでは静かじゃな。芳之助が騒いでも住人に迷惑はかけようがないな」

「その代わりよ、ぼろ長屋に遊び相手の子どもはいないぜ」

「その折りは一口長屋に佳世が連れていって姉様役のふたりと遊ばせよう。どうだな、差配どの」

と答えた善次郎だが、古長屋全体に嫌な臭いが漂っていた。

佳世がどう言うか、佳世も昼間は一口長屋で過ごさせるか、と臭いを嗅いだ。

「この臭いな、なぜかこの界隈の暮らしの臭いが、うちの古長屋に流れて集まるのだ。うちだけでなんとかしようったって無理なんだ。これまで幾たびも臭いを消そうと試みたが、無駄な努力だったぞ」

「ううーむ」

と唸った善次郎を義助が空き店に連れていった。だいぶ長いこと無人らしく腰高障子の障子紙は何か所も破れていた。

「よいしょ」

と声を発した義助が腰高障子を強引に開けると、澱んでいた気と妙な臭いが混じり合って善次郎の鼻を突いた。

「ううーん、なかなかのものじゃな」

中を覗き込むと、なんと猫の一家が暮らしていた。

「なんてこった。おめえさん一家の前に先住者がいたぜ。どうするよ」

母親猫と五匹の仔猫が奥の畳の間にいた。

「佳世は犬も猫も嫌いではないが、六匹の猫といっしょに暮らすのはどうかのう」

と言いながら土間から部屋を確かめた。

どこかから風が流れてきて猫の小便の臭いが加わった。

「ううーん、こりゃ、まず手入れをしねえと暮らせねえな。小此木さんよ、おまえさんがここで我慢をすると言うのなら、一日ばかり待ってくれないか。手入れと掃除をさせるからよ」

と義助が言うところに神田明神の番所に勤める見習神官の宮田修一が顔を出した。

「うあっ、こりゃ、ひどいな。差配の義助さん、この長屋に神田明神社と越後屋の守護人の小此木様一家を住まわせる心算ですか」

修一が善次郎の代わりに文句をつけた。

「小此木さんがふた月か三月だから、いいと言うからさ、連れてきたんだが、こりゃ無理かねえ」

「義助どの、越後屋の家作で他に空き店がござるか」

「ねえな。ねえから、おまえ様の注文もあって、こちらに連れてきたのよ」

「となると手入れと掃除をして少しでも住みやすくするのが先決だな」

と善次郎は答えざるを得なかった。

修一が善次郎を見た。

「私、小此木様が賽銭泥棒を捕まえる助っ人を権宮司の那智様に命じられました。だが、その前にこの長屋を少しでもきれいにするのが先のようですね」

「なに、修一が長屋の手入れをしてくれると言うか」

「だって、神田明神の守護人一家をこのぼろ長屋にいきなり住まわせることはできませんよ」

「よし、去年から続く神田明神の賽銭泥棒だな。ならば明朝にも長屋の手入れに慣れた権助爺さんを修一さんのもとに寄越してさ、手伝わせるぞ。明日一日で小此木さん一家が住めるようにしてくれないか」

「なに、古長屋の手入れをする職人ってのが、この世にいるのか」

「職人な、掃除屋といったほうが適当かね、爺さんだが、こういうことには手慣れていらあ」

と義助が請け合った。

「よし、小此木様、賽銭泥棒をとっ捕まえるのがなにより重要ですね。そのためには、こちらの長屋をなんとか一家が住めるように手入れをしましょう」

と修一が約定した。

「となるとまず明後日にはわれら一家、こちらに住めるようになるな」

「ああ、まず真っ先に猫一家をどこぞに引っ越しさせますか。義助さんさ、掃除人の爺さんをあしたの朝、六つ半（午前七時）にはここに来させてください」

修一がてきぱきと差配の義助に願って、善次郎一家の住まいの手入れが成りそうな雰囲気に善次郎も正直ほっとした。

「助かった、修一」

「在所が隣同士ですよ、助け合わねばな。のんびりしていたんじゃ、肝心要の賽銭泥棒をとっ捕まえられませんよ」

修一が善次郎に言った。

「長屋の手入れに、賽銭箱を見張る御用か。なんとも多忙でござるな」

「小此木の旦那も長屋の手入れをやるかえ」

「わが住まいの手入れであろう。掃除人の爺様と修一のふたりに任せて、当人はのんびりしているのもなんであろう」

「幽霊坂の青柳道場の朝稽古に行かない心算ですか」

と修一が質した。

「おお、朝の間は剣術の稽古があったな。どうしたものか」

「ですから、小此木の旦那はいつもの日課をやってください。朝稽古のあと、この長屋に顔を出すというのでどうですね」

「修一、それでよいかのう。となると大いに助かる」

義助が、

「剣術は小此木善次郎一家の稼ぎの手立てだもんな。それに陰流苗木（かげりゅうなえき）とやらはこの界隈に大いに役に立ってきたしな。おまえ様にとってもこの界隈にとっても剣術の稽古は何よりも大事だろうが。掃除屋の爺さんとこの修一さんが、小此木の旦那が来る前に、このぼろ長屋をなんとか住まいできるようにしておいてくれるからよ」

「助かる」

「その代わり神田明神の賽銭泥棒をおれたちでとっ捕まえねばなりませんよ」

と修一が言った。

「修一さん、それだ。これまでだれもとっ捕まえることのできなかった賽銭泥棒を捕まえる知恵がふたりにあるのか」

と義助が言い出して善次郎を見た。

「ないこともない、と言いたいが、正直、賽銭箱を見張るだけで事が済むかな」

「そんなことなら、神田明神の番所だってやってきただろうが」

「義助さんさ、そこだ。権宮司の那智様がそれなりの人材を雇って徹宵して見張らせたんだ。それでもいつの間にか賽銭箱の賽銭が減っているんだよ。私と小此木様のふたりで夜通し見張ってなんとかなるだろうか」

と最後に修一が助けを乞うように善次郎を見た。

「それがしに知恵などないぞ。ただ徹宵して見張っていれば事が済むと思うていたが、それではダメか」

「ダメですよ。だってさ、江戸総鎮守の神田明神の一之宮の祭神は、大己貴命様ですよ。その守り神がおられるのに、なぜか賽銭が減っているんです。小此木様、人の仕業じゃないと思いませんか」

「われらの相手は人ではないのか、神田明神の祭神を超える悪しき野郎か」

「野郎ってのは人のことですよね。こいつは、どう考えても人を超えた邪神と思いませんか、小此木様」

と修一が、そんなことも考えずにこの命を受けたのか、という顔で善次郎を見た。

「魂消たな、それがし、さようなこととは夢にも考えなかった」

と善次郎は困惑の言葉を吐いた。

沈黙が古長屋を支配した。

「どうしたものか」

善次郎は思わず自問した。

「私は、小此木様が知恵を持っていると思って安心していましたが、これじゃ、どうにもならないな」

「ならねえか」

とふたりの問答を聞いていた義助が呆然とした口調で言った。

ううーむ、と唸った善次郎の口をついたのは、

「修一、権宮司の那智羽左衛門どのが、『それなりの人材を雇って徹宵させた』と申したな。それなりの人材とはだれだな、承知か」

はい、と修一が頷いた。

「その御仁に会いたいな」

「まさか、見張りの者が賽銭を抜き取ったなんて言うんじゃありませんよね」

「そうではござらぬ。話が聞きたいだけだ」

「ううーん、会っても大した役には立ちませんよ」

と修一が応じて、

「今から会いに行ってみますか」

と言い添えた。そんな問答を聞いていた義助が首を傾げたのを善次郎は見た。

第二章　見張り

一

修一が小此木善次郎を連れていった先は、なんと神田明神下と土地の人に呼ばれる一画を占める、同朋町(どうぼうちょう)の野分(のわき)の文太(ぶんた)親分の賭場(とば)だった。

「修一、こちらは文太親分の女房彩(あや)さんが仕切る旅籠(はたご)ではないか」

「ああ、そうですよ。そうか、小此木様は彩姐(ねえ)さんの旅籠も裏手の親分の賭場もとくとご承知でしたね」

「権宮司の那智どのが佐貫同心の死後、賽銭泥棒を見張らせたのは文太親分の子分たちか」

「そういうことです。この界隈で、厄介な賽銭泥棒をとっ捕まえることができるのは文太親分の配下くらいだということになりまして」

と修一は言ったが、なんと、女好きで頼りない文太親分の子分たちに見張らせたかと善次郎は首を傾げ、

（賽銭泥棒のほうが一枚も二枚も上手だな）

と思った。

「おや、小此木の旦那、親分に用事かえ、留守だよ」

とそこへ文太親分の女房彩が姿を見せて言い放った。

「親分どのはこの前の女と別れられなかったか」

「いやさ、あの女とは別れて、こんどの女はえらい年増だそうだ」

と呆れ顔というより諦めの表情で彩が応じて、

「親分が留守でも女将さんとまむしの源三郎どのがおられれば、こちらの表と裏の商いは支障あるまい」

「親分はそう高を括っておられるのかね」

と応えた。

「もはや表の旅籠も裏の賭場も彩姐御の差配下にあるな」

「美濃の在所から出てきたお侍さんもそう思うかえ。親分に用事なら無駄足だっ

たね」

「いや、神田明神の賽銭泥棒を捕まえる見張り番をこちらの衆がやったと修一に聞かされて、お邪魔したのだがな。見張りをしたという子分衆に会うことができようか」

「なに、小此木の旦那のところに賽銭泥棒を見張るんだか、とっ捕まえるんだかの役目が回ってきたってわけなの。そりゃ、ご苦労さんだね」

と応じた彩が、

「裏手の賭場にまむしの源三郎さんがいるよ」

「ほう、商売繁盛だな、この刻限から賭場が開かれておるか」

「最前、客がはけたとか、夕刻まではまむしたちはごろごろしているよ」

「ならばまむしどのに相談してみよう」

と言い残して善次郎は旅籠の裏手にある別棟の賭場に向かうことにした。

「小此木様、芋洗河岸から神田明神の門前町にすっかり詳しくなりましたね」

と修一が笑った。

「この界隈を仕切っておられるのは、どうやら彩姐さんとまむしの源三郎兄さんら数人の御仁のようだ。二年も一口長屋で暮らしていればおよその事情は察せられる」

と言い、修一を残して別棟に向かうと、大勢の子分衆が陽に干されていたたくさんの布団を取り込んでいた。

その作業を縁側に座り、煙管を口に咥えて見ているのがまむしの源三郎だった。

「おや、小此木の旦那、新たな厄介ごとかえ」

「いや、どうやらお馴染みの厄介ごとがそれがしに回ってきたのだ。知恵を貸してくれぬか」

「お馴染みの厄介ごとな。ああ、まさか神田明神の賽銭が何者かに盗まれるって話じゃないよな」

「それだ、その盗みの話がこちらに回ってきたのだ。すでに一度、こちらの子分衆が神田明神の賽銭箱を幾晩も見張ったそうだな。その子分衆に話が聞きたいのだ」

「そりゃ、なんの役にも立つまいぜ」

「まむしどのも関わったかな」

「布団干しを睨んでいる程度の差配をしていたでな、うちが見張りをやった経緯くらいは覚(おぼ)えておるな」

「おお、それは好都合」

「と、ばかりはいえないぜ」

「どういうことかな」

「だからさ、賽銭箱の中身が、半年分の神田明神の賽銭にしては少ないのだろ」

「何者かが盗んだのであろう。その場を見なかったのか」

「おれも最初の五日くらいは日中には拝殿の陰からの見張りに加わり、最後の数日は夜間も監視していたのさ。むろんおれだけではないぜ、野分の文太親分の子分たちがおれの他に十人、見張っていたのだ。

その間な、賽銭箱に触れた野郎どころか近寄った御仁はひとりとしていなかった。そりゃ、そうだ、文太親分の子分どもが昼夜おっかない顔で見張っているんだぞ。遠くから賽銭を投げ込んでな、拝礼してさっさと引き返す者ばかりだ。土地の野郎が大概だからさ、賽銭泥棒がいるとかいないとか、噂は承知している者ばかりよ。厄介には関わりたくないのさ」

「ということは、賽銭は最初から少なかったということではないか」

「この一年、急に賽銭の金高が七、八割減ったと言いなさるか」

「そなたらが昼夜見張っているのだぞ。いくら機敏な盗人も監視の眼を盗んで、賽銭を取り出せまい。つまりは元々、神田明神が考えるほど多くはなかったということではないか」

「ううーん、それがな」

と源三郎が首を傾げた。

「どうしたな、まむしどの」

「おれらも考えもなく賽銭箱をただ眺めていたわけではないのだ。拝礼に来た客がおよそなにがしの賽銭を入れたか、見当つけてな、一朱銀、一分金、小判など多額の賽銭を放り込んだ御仁には門前町を離れたあたりまで、彩姐御か、おれが尾行してな、ただ今神田明神の賽銭箱に、いくら入れなさったと問い質したのさ。ゆえにおよその賽銭の額は分かっているのさ」

「さすがに江戸の総鎮守だな、一両小判を賽銭として入れるお方がおられるか。美濃の苗木では夢にも考えられないぞ」

「江戸っ子にはそれなりに恰好（かっこう）つけ屋がいるんだよ。まあ、それは置いといて、おれたちが確かめた一両や一分金が放り込んであるはずの賽銭箱には、一両小判が全く入ってなかったのよ。ということは、おれたちが見張っているのにも拘わらず、賽銭箱から何者かが、いつの間にか抜き取ったということだよな」

「なんていうことだ」

「小此木さんよ、どう考えればいいんだ」

しばし無言で沈思していた善次郎が、

「やはり何者かに抜き取られたということであろうな」

「おれたちもありとあらゆることをやってみた。最後には、昼夜を分かたず三組に分かれて交代で見張り続けた。小此木さんよ、えらく容易い見張りに思えたものが、あっさりと裏切られた。さすがのおれたちも姿を見せない盗人にもろ手を挙げて降参するしかなかったのだ。それが半年も前のことかね」

「われら、すでに神田明神社界隈の一口長屋に世話になっていたぞ。にもかかわらず、それがしはそなたらの悪戦苦闘を知らずに暮らしてきた」

「そうよな、小此木の旦那も賽銭泥棒じゃねえかと考えられないわけじゃなかったからな。ということで、野分の文太親分の支配下の子分らを含めて十一人で密やかに見張りを続けてきたのよ」

「なにっ、それがしも賽銭泥棒の候補のひとりだったか。そなたとはわれらが一口長屋に引っ越してきて以来、あれこれといっしょに仕事をなさなかったか」

「そんな折りは、ただ今の一件は賽銭泥棒の一件、こちらの小此木の旦那との用事はまた別の一件と、分けて付き合ったのさ。大変だったぞ。ともあれ、おれを頭分とした野分の文太一家の子分たちは、賽銭泥棒ひとりに完敗したのだ」

「まむしの源三郎どの、賽銭泥棒はひとりと思うか」

「だれぞが賽銭泥棒には、頭分がいて、その下に賽銭箱の錠前開けの名人がいるなんて言っていたな。そのことを考えないわけではなかったさ。だが、これだけの大仕事になって、大金がすでに二度ほど懐に入っているとなると、必ず内輪揉めが起きるか、これまで慎ましやかだった者が女だ、博奕だと浪費するものよ。ところがこの界隈にそんな者はいねえ。おれが今もひとり仕事と考えている理由よ」

まむしの源三郎が言い切った。

「えらい仕事を頼まれたものよ」

と善次郎は愕然とした。

両人はしばし無言で睨み合った。

「まむしの、そなたらがやり残した策はござらぬか」

「あれこれと何月もいっしょに仕事をしたで、いろんな考えが出たな。おれが今も覚えているのは、文太親分の賭場の代貸見習だった荒川の菊蔵って若い衆が言い出したアホげな思案よ」

「どんな思案かな」


「……まむしの兄さん、おれがよ、賽銭箱の中に潜んでいようか。ならば賽銭泥棒が細工をなす折りにそやつの手に食らいついて大声で叫ぶぜ」

「菊蔵さんよ、おまえ、草相撲の大関だかって威張ってなかったか。いくら賽銭箱が大きいったっておまえの体が入るかえ」

「六尺一寸（約百八十五センチ）、二十六貫五百匁（約九十九キロ）だ、ダメかね」

「賽銭箱は銭を入れると格子の下に落ちる仕組みだな。いくら賽銭が溜まっていたとしても、格子の間から手を突っ込んで盗めないようになっていらあ。おめえが体を折り曲げたって無駄だぜ」

「やはりダメか」


「……って問答をしたことを覚えていらあ」

「そうか、さような問答までなされたか」

「ああ、やれることはやってみたな。だが、賽銭泥棒には敵わなかった」

「そして、今、まむしの源三郎兄さんがたの真似をせざるを得ないそれがしは、なにをすればよいのかのう」

「ううーん」

と唸った源三郎が、なにか観念したような表情をした。

「最近のことだ。別の御用でな、賽銭泥棒を見張っていた野分の文太親分の手下のひとりと、賭場で会ったのよ。『神田明神の一件、ひどい御用だったな。なんの功績もないってんで、一文の銭ももらえなかったな』とぼやき合ったのさ。その折り、そいつがさ、『まむしの兄さん、徹宵していたある夜、どれほどか分からねえが、眠り込んだことはねえか』とおれに訊きやがった」

「どなたかな、その御仁」

「卯三郎って若い衆よ。いや、卯三郎は見張りはしていなかった。いっしょに見張りをしていたのは、夜明かしの八兵衛って男だ。卯三郎は八兵衛の弟分なんだ。八兵衛はちょいと悪さをしてな、草鞋を履いて江戸にはいねえや。その卯三郎がよ、兄いが江戸を出る前に言っていたというんだ」

「どんなことを八兵衛が言っていたのかな」

「卯三郎は、八兵衛がこう言ったというんだ、『卯三郎、賭場だと明け方まで一睡もしないで過ごせるよな、だが、あの御用の折り、一度だけ気を失ったように眠り込んだことがあらあ』ってな。八兵衛は『卯三郎、ほんとうに、あの見張りの最中、一瞬たりとも眠らなかったのか、まむしの源三郎兄さんに訊いてみてえ』と言ったたってんだ」

「なんということか。それが本当なら、大変なことではないか」

「ああ、そんな話を神田明神の権宮司の那智羽左衛門さんに報告してみろ、『だから、賽銭泥棒を捕まえられないんだ』と怒鳴られるよな」

まむしの源三郎が震えるように言葉を継いだ。

「卯三郎の話を聞いてさ、思い出したんだよ。たしか賽銭箱を開ける二日前の深夜九つ（午前零時）のことではなかったか、なにかさ、いい香りが拝殿に漂ってさ、おりゃ、すとんと眠り込んでいた」

善次郎は言葉を失っていた。

「……なんとそんなことが」

「あったんだよ、小此木さんよ」

「卯三郎が言うには、八兵衛もおれと同じようなことを言ったらしい。あんな眠気を誘う香りは初めてだったって。あの香りのせいで眠り込んだかねえ。小此木さんよ、この話、神田明神の神官なんかにはとても話せねえよな。おれはよ、一応頭分だったからよ。ともかくその折り、たしかに眠り込んだと思えるんだ。

おれは卯三郎と話したあと、何人かとあの宵のことを話し合った。そしたら、あの折りの全員が八兵衛やおれのように眠り込んでいたのよ」

「まさか、そんなことがありえるのか」

「おれたちが眠り込んでいる折りに賽銭を盗まれていたとしたら、おれたち、この世界で生きていけないな」

源三郎は声を落とした。

「あの折り、みんなが眠り込んだのはせいぜい四半刻、いや、もっと短いと八兵衛は断言していたらしい。そんな短い間にあの頑丈な賽銭箱の錠前を開いてよ、中から金子を盗み出すなんて無理だぜ」

「そなたたちが眠り込んだのは四半刻より短いか」

「おお、そんなものだと皆が言うぜ」

まむしの源三郎は言った。

「……源三郎どの、そなたらが眠り込んだのは四半刻たらずというのはたしかか」

と善次郎が念押しした。

「あの折りのことは正直思い出したくもないのだ。小此木さんよ、われらがだれぞに眠らされたとしてもほんの一瞬だぜ」

「よい香りがしたと申されたな」

「八兵衛もらしいが、おれもたしかによい香りを感じたあとに眠り込んだように思う」

「快眠を誘うにおいがこの世に存在するのであろうか」

さあ、と応じたまむしの源三郎が困惑の顔を見せた。

「源三郎どの、その他になにか考えられぬか」

「眠り薬のようなものを飲んだかと訊いておるのか」

「そういうことだ」

源三郎が沈思した。

「あの宵はな、暑くも寒くもなく実に過ごしやすかった。そのせいかな、神田明神の番所から眠りを覚ますという茶が供されてな、おれたち全員が茶を喫しながら、朝を待っていたのではないか」

「その茶は毎夜供されたのかな」

「ううーん、ひょっとしたらあの夜が特別だったのかもしれんな。まさか茶に眠り薬が入っていたってことはないよな」

「神田明神の番所からの茶だな」

「と聞いたがな。そういえば、わっしらが目を覚ました折りは、あの心地よい香りも消えていて、茶が入っていた鉄瓶も茶碗も片づけられていたな」

まむしの源三郎が善次郎と顔を見合わせた。

「小此木さんよ、この話、神田明神に告げるかえ」

と案じ顔で源三郎が質した。

「まむしどの、今さらかような話を神田明神に告げたところで、その折り消えた賽銭が戻ってくるわけではなかろう。なんとしてもこたび、賽銭を盗まれぬようにするために、参考にさせてもらう。それでよいかな」

「ありがたい。この話が噂になって、読売なんぞに書かれてみな、まむしの兄いなんて奉られてきたが、もはやこの界隈で生きていけねえからね」

「ああ、卯三郎どのにもきつく口止めしておいてくれぬか」

分かった、と源三郎が頷いた。

「小此木さんよ、どうやらおれらは、えらいどじを踏んだらしい。もはやこの一件はどうにもならぬが、こたび賽銭泥棒を捕まえるのを手伝わせてくれないか」

「おお、心強い味方が加わってくれるのはありがたいがな。こたびはわれらだけで見守ろうと考えておる」

善次郎は一度失態を演じた源三郎を仲間に入れることに躊躇(ためら)いを感じていた。

「何人いるのだ」

「神田明神の見習神官の宮田修一どのにそれがしのふたりでござる」

「なに、たったのふたりか」

「おお、そなたらは野分の親分の手下が十人いたと言わなかったか。かようなことは大勢いるより、少ないながら精鋭(せいえい)で務めるのがよいとは思わぬか」

「いかにもさようと言いたいが、そなたと見習神官の修一が精鋭かな。いや、おれの言うことじゃねえな。なんとしてもこたびは手柄を挙げて、おれたちのどじを返上してくれ」

と言い切った源三郎が頭を下げた。

翌日、夕刻前、小此木善次郎一家は一口長屋から湯島一丁目の裏手の古長屋に引っ越しした。大した荷物はないが、差配の義助と修一のふたりが手伝ってくれた。

夕刻のせいか独り者の住人らが長屋に戻っており、近くの湯屋の仕舞い湯に行く姿も見られた。

「おおい、信吉さんよ、小此木の旦那一家がふた月か長くて三月ほど世話になる。おかみさんと男の子がおる。面倒をみてくんな」

「おお、差配、合点承知の助だ。旦那はよ、幽霊坂の青柳道場の客分師範だろ。ぼろ長屋で盗まれるものもないが、心強いよな。筆頭師範の財津の旦那に聞いたぜ。青柳七兵衛様とどっこいどっこいの強さだってな」

「そなた、財津師範を承知か。どっこいどっこいではないわ。青柳先生がそれがしの力に合わせてくれたのだ。江戸にはなかなかの剣術家がおられるな。ともあれ、一口長屋の普請ができるまで世話になる、信吉どの」

と挨拶して一家は、江戸に出てきて二軒目の裏長屋の土間に入った。すると修一がすでに行灯を点してくれていて、善次郎がきのう長屋を見たときより、幾分きれいな長屋が見えた。

「佳世さんや、こんなぼろ長屋でさ、しばらく我慢してくだせえよ」

と言われた佳世が、

「いえ、私どもには十分贅沢な住まいです」

と応じた。

二

たしかに古長屋は一口長屋とは比べものにならなかった。だが、善次郎と佳世の江戸暮らしも二年が過ぎて、ふたりは江戸の裏長屋がどのようなものか承知していた。

一口長屋が格別なのだ。

この日、夕餉（ゆうげ）を一家が摂（と）る前に、佳世が用意していた引っ越し祝いの手拭い一筋ずつを古長屋の住人の独り者に配って歩いた。

まず幽霊坂の青柳道場で善次郎が客分格の師範であることを承知の信吉が、

「引っ越し祝いの蕎麦（そば）代わりに手拭いですかえ。おれたち独り者の稼業は力仕事ばかりだ。手拭いは何本あっても助かります」

と最初に応対してくれた。

「信吉どのの稼業はなんだな」

「へえ、わっしは荷船の船頭でしてね、江戸の普請に使う木材から壁土、石垣の石までどんなものでも運ぶ人夫を兼ねた船頭なんだよ、そう、荷船の行き先は荒川を秩父まで遡ることもありまさあ。今日は偶さか江戸におりましたが、荷船で寝泊まりして、三度のめしを食うこともしばしばでさあ。おれの客のひとりが川向こうの本所の大工の棟梁でさ、なぜか小此木の旦那が幽霊坂の客分というのを知っていたのさ」

差配の義助が一口長屋に戻ったあと、自分のことをこう紹介した。

「さようか、どうりで立派な体格だと思った」

「このぼろ長屋の連中の稼業は力仕事ばかりでね、手に職のある職人はひとりもいねえな、その代わり厄介な連中はいませんぜ。共通していることはさ、だれもが女にもてない野郎ばかりってことかね」

信吉が苦笑いして見せたところに仕舞い湯に入ってきたらしいふたりがぼろ長屋に戻ってきて、

「小此木の旦那よ、こいつはよ、デブデブの竹松ってんだ。昌平坂の坂下でさ、大荷物を積んだ大八車の尻を坂上の水道橋あたりに押し上げてよ、何文か銭をもらう押し屋さ。もうひとりの十八の稲助は昌平坂学問所でさ、馬の世話や馬場の手入れをしているんだ。本日いねえ章介は、おれといっしょの荷船の船頭見習だ。今日は江戸の内海に流れ込む六郷川の河口の作業場に行って帰ってこないぜ」

と手際よく仲間を紹介してくれた。信吉が言うように職人というより力仕事の人足たちで気のいい連中だった。

「こちらに世話になるのは長くて三月ほどだが、差配の義助どのとも一口長屋で馴染みだ。あちらにわれら一家が戻っても付き合いをしてくれぬか」

と最後に善次郎が新たに顔を見せたふたりに挨拶して、一家で自分たちの部屋に戻った。

「おまえ様、気のいい男衆ばかりですね」

「おう、越後屋の家作は義助どのが仕切っているせいか、物分かりのいい男衆だな。ともあれわれら一家、三月ほどこの長屋で暮らすことになりそうだ」

改めてぼろ長屋と称され古長屋の行灯ひとつの灯りに浮かぶ住まいを見回すと、貧しいというより慎ましやかな住まいだと考えるべきと思い直した。

修一が一口長屋から携えてきた竹籠の中には貧乏徳利に酒が入っていた。

「なんと、引っ越し祝いの酒が入っておるわ。おそらく越後屋の嘉兵衛様からの引っ越し祝いかのう」

そんな厚意の酒を善次郎と佳世は茶碗に半分ずつ注ぎ合って飲んだ。

「私どもは江戸に出て、最初に一口長屋に住まわせていただきました。あの長屋が格別だったと改めて思いましたよ」

「おお、江戸の裏長屋とは、おそらくかような古長屋をいうのであろう。われら、一から出直しをせよとの教えかのう。気楽でいいといえば一口長屋より気楽かのう」

「はい。少しこちらの長屋に落ち着いた折りに信吉さん方をうちに呼んで、お酒を飲みましょうか」

「おお、手拭い一本ではお互いがよう分からんでな、酒を飲みながら話し合おうかのう」

と夫婦で言い合った。

「芳之助の遊び仲間がいないことが一番の難点ですね」

「おお、若い独り者ばかりが住人では子どもはおらぬな。これぱかりは致し方あるまい。買い物などの帰りに一口長屋の普請場に立ち寄ってな、おみのやかずの姉さんがたと芳之助を遊ばせるしか、手はあるまいな」

とふたりはちびちびと酒を飲みながら夕餉を食した。

芳之助は新たな長屋に引っ越したことに緊張したか、大好きな生卵(なまたまご)かけご飯を食しながら眠り込んでしまった。

古長屋で初めて迎えた夜、ふたつ布団を敷いて一家三人が眠りに就いた。


翌朝のことだ。

長屋の表で木刀の素振りをしようかと思ったが、まず庭が狭くてとても素振りなどできないと分かった。また力仕事の信吉らは未明七つ（午前四時）の刻限では未だ眠りに就いていた。そこで庭での稽古を諦め、いつもより早いが幽霊坂の青柳道場に行くことにした。

そんな気配を察した佳世が、

「おまえ様、手拭いが何本か残っております。道場で筆頭師範方にお配りしませぬか」

「おお、このところ一口長屋の普請やら古長屋での引っ越しやらで道場を休みがちだったからな、よき考えと思う」

と答えた善次郎は五本残っていた手拭いを懐に入れて、幽霊坂の青柳道場へ向かった。わずかだが、湯島一丁目の裏手にある古長屋のほうが通うのに近かった。

「おお、今朝は早いですな」

と筆頭師範の財津惣右衛門(そうえもん)が迎えてくれた。

「こたび、一口長屋の普請の間、越後屋どのが家主の別の家作に引っ越したのだ。独り者の男衆ばかりが暮らす長屋でな、ふた月かせいぜい三月こちらで暮らすことになろう。道場に通うのにもいくらか近い」

「それはよかったですな」

「ところがな、こちらの長屋は広々とした一口長屋と異なり、木刀の素振りをする余裕がないのだ。そんなわけでいつもより早く道場に参った」

と言いながら懐から手拭いを出して、

「引っ越し祝いというほど仰々(ぎょうぎょう)しいものではない。長屋の若い衆に配った手拭いの残りがある。惣右衛門どの、そなたの知恵で配ってくれぬか」

「道場にとって手拭いは何本あってもありがたいわ。まず一本目は、道場主の青柳七兵衛先生じゃな」

「なに、先生が一本目か、いささかお手軽であったかな」

「最前も言うたぞ、手拭いは汗を搔く剣道場には何本あっても助かる」

財津惣右衛門が見所の青柳七兵衛に持っていった。

善次郎は、道場の片隅で素振りの稽古をしようと場所を移動した。

青柳道場は二百五十畳の一方に、神棚のある見所があり、見所から見て左右に三尺（約九十一センチ）幅にわたって畳が敷かれた長い休み所が奥まで通じているので、三百畳ほどの広さに感じられた。

善次郎はその一角に手にしていた長谷部國重を置き、稽古着になって木刀を手にした。

「師匠、近ごろはお姿をお見かけしませんでしたな」

と声をかけてきたのは若手の有望株安生彦九郎だ。

「彦九郎どの、そなたの師匠はこの道場の主、青柳七兵衛様ご一人でござる。勘違いなさらぬようにな」

と注意した。

「は、はい。それは分かっております。神道流の青柳七兵衛先生は道場主ですから当然わが大師匠です。それとは別に死の間際に祖父が言い残してくれた考えに基づいた真の師匠は、小此木善次郎様おひとりでございます」

「彦九郎どの、亡き祖父御の考えとはどのようなものかな」

「祖父は死の間際、『そのほうの真の師匠はこれから現れる』と言い残して身罷りました」

「真の師匠がそれがしと申されるか、なんぞ思い違いをしておられぬか」

「いいえ、祖父の死のあと、それがし、陰流苗木と夢想流抜刀技の小此木善次郎様の剣技に触れて、『ああ、祖父が申していた真の師匠とは小此木様』と直感しました」

「彦九郎どの、いささか早計な判断でござる。よいかな、そなたの真の師匠は、見所におられるわ」

いいえ、と言い切った安生彦九郎が首を横に振った。

そのとき、見所近くで大声が響き渡った。

「神道流青柳道場に小此木善次郎なる美濃者がおらぬか」

善次郎と彦九郎の両人が声の主はと見ると、六尺五寸（約百九十七センチ）は優に超えると思しき剣術家が、筆頭師範の財津惣右衛門と睨み合っていた。その巨漢の傍らに三人の仲間がいた。

善次郎はその四人に全く覚えがなかった。

「師匠、あの者どもを承知ですか」

「いや、一面識もないな」

「それがしがその旨伝えてまいります」

「彦九郎どの、武士たる者、軽々に動いてはならぬ。そなたの前に向後現れる真の師匠もそう申されましょう」

と忠言した。

筆頭師範の前にいたひとりが白扇を手に道場じゅうを指示して、善次郎の前でその白扇の先端を止めた。

「秋元但馬様、あの者が小此木善次郎にござるか」

と巨漢が、頭分か、白扇の主に大声で問うた。

白扇の主が無言で頷いた。

「ならば、それがしがひっ捕らえて船に投げ込みまする」

神田川の昌平橋際の船着場に船を待たせているのか、そう告げた巨漢がその前に立つ財津惣右衛門を片手で強引にも突き飛ばそうとした。

その手を惣右衛門の手がぴたりと押さえた。

「そのほう、雷電重五郎宗親に抗いおるか。となれば、小此木某の前にそのほうの首を叩き折ろうぞ」

と雷電と名乗った巨漢が前帯に挟んでいた鉄扇を抜いて構えた。

財津惣右衛門も手にしていた木刀を構えようとした。

「筆頭師範、そのでくの坊どの、それがし、小此木善次郎に用事があるそうな。近くで見れば、そやつが何者か分かるかと思いまする。そやつをこちらに寄越しなされ。筆頭師範が相手にするまでもない。いささか力量も頭も足りぬようだ」

とのんびりとした善次郎の声が道場に響いた。

「おお、そこにおられたか、小此木どの。最前の引っ越し祝いの手拭いじゃがな、道場主青柳七兵衛師ら四名に配り、最後の一本だが、それがしが頂戴した。それでよいかな」

惣右衛門の声も善次郎同様に穏やかで長閑だった。

「小此木様、引っ越し祝いの手拭い、ありがたく頂戴しましたぞ」

とこんどは道場主の青柳がふたりのやり取りに加わった。

まるで巨漢の雷電某を含めた無頼の四人がその場にいないかのような三人の問答だった。

「おのれら、雷電重五郎を馬鹿にしおるか」

と叫んだ巨漢が前に立つ財津惣右衛門に鉄扇を構えつつ、己の体で惣右衛門を突き飛ばそうとした。

ひらり
と躱した惣右衛門によろめきつつも、さらに鉄扇で殴りつけようとした。

「雷電重五郎とやら、そのほうの相手はそれがし、小此木善次郎ではござらぬか」

との声に雷電が善次郎を睨み据えた。

「どやつもこやつも小賢しいわ、もはや許せぬ」

と喚いた巨漢が体勢と気持ちを立て直すと、鉄扇を前帯に差し戻し、道場に入っても腰に差していた大刀の柄に手をかけて悠然とした動きで善次郎に歩み寄った。

「彦九郎どの、下がっておられよ」

善次郎の命に彦九郎が素直に従った。

道場で稽古をしていた門弟衆も壁際に下がった。

善次郎が頭分ら三人を眺めると、最前の場から変わりなく立ち、その傍らに木刀を手にした財津惣右衛門がいた。

　木刀を左手に持ったまま、がらんとした道場の中央へと善次郎は場を移した。

「ちえっ」

　と吐き捨てた雷電が善次郎の動きに合わせて動いた。

「雷電重五郎どの、そなたの剣術の流儀をお訊きしておこうか。おお、その前にそれがし、陰流苗木なる在所剣法と夢想流抜刀技を使い申すことをお伝えしておく」

　と善次郎が告げた。

「丸目蔵人佐長恵様創始のタイ捨流の伝系……」

　と長々と耳に聞き取れない言葉を雷電が告げた。

　善次郎には伝系、まで文字がなんとか頭に浮かんだ。そのあとの云々かんぬん以降は全く想像すらできなかった。真に存在する流儀か、コケ脅しの造語か分からなかった。そこで、

「ほうほう、天下に名立たる剣術を修行なされたか」

　と答えるに留め、

「で、それがしと稽古をなさるか」

「稽古ではない。真剣勝負なり」

「それはいかん。命に差し障りがございますぞ」

「武芸者同士の勝負である、命をかけて当然なり」

「厄介かな、それがし、竹刀で応対致しましょう」

と木刀を竹刀に替えた善次郎が言った。

「なに、そのほう、真剣勝負の経験なしか。どうりで腰が引けておるわ」

「覚えがございませんな。どうです、竹刀での立ち合い稽古は。そのほうがお互い怪我がなくてようございましょう」

「もはや、そのほうの雑言許さぬ」

雷電重五郎が刃渡り二尺七寸（約八十二センチ）余、厚みのある刃を抜くと上段に構えた。

一方、善次郎は竹刀を左腰に当て、まるで刀を手挟んだように左手で持ち、右手はだらりと下げた。

両人が睨み合った。

長い睨み合いになった。

善次郎にとってこの構えの姿勢で一日中待っていても差し障りがなかった。格別に命をかけた勝負など望みではなかった。

一方雷電重五郎には、小此木善次郎を懲らしめる、あるいは命を絶つ使命があるのか。

当然、気持ちの余裕は、戦わずに済めばよい、善次郎にあった。

長い対峙になった。

「なにをしておる、雷電重五郎」

頭分と思しき秋元但馬から鼓舞の声がかかった。

「はっ、直ぐに叩きのめしてもつまらぬかと考え、相手方の動きを待っておりましたが、こやつ、勝負する気がありませんでな」

「言い訳はよい。そのほうの役目はこやつの力を確かめることじゃ」

どことなく秋元は雷電重五郎の実力を善次郎に互すると考えているようで、そう言いかけた。

「相分かりました。ただ今よりこやつを叩きのめします」

と言った巨漢の雷電が上段の剣を頭上で前後に動かし、

「死ね」

と叫び、それなりに大きな善次郎の体を押し潰すように踏み込むと、豪剣が善次郎の脳天に叩きつけられた。

善次郎はその動きを見ながら、雷電の利き腕とは反対に沈み込むように身を滑らせると、豪剣を叩きつけてきた雷電の動きと間合いを見ながら、相手の腰を手にしていた竹刀の先で軽く突いた。

トントントンと、前のめりになって地団駄を踏んだ雷電が耐え切れず倒れ込み、道場の床に顔を打ちつけた。

「うっ」

と呻いた雷電が巨体を床に這わせて動けなくなった。

豪剣が手から飛んで床に転がっていた。

見物していた青柳道場の門弟衆の間から、

「剣術は力ではないな」

「おお、相手の動きを見極めてから動く小此木客分は余裕かのう」

「雷電どの、力を持て余しておらぬか」

「さようさよう」

などと言い合った。

「雷電、なんたる様か、おのれ、五体を抑制できぬか、愚か者が」

と秋元但馬の叱り声が道場に響き渡った。

「はっ、はい。あ、秋元様、それがしの戦いはこれからにございますぞ」

よろよろと起き上がった雷電の顔が擦り剝けて血が流れていた。

「おやおや、独り相撲で血を流しておられるか」

と話しかけたのは財津筆頭師範だ。

雷電は無言だ。

「おい、門弟衆のだれぞ、その者の刀を拾ってやれ」

と財津惣右衛門に言われた安生彦九郎が刀を拾い、

「なんと重い刀かな」

と驚きの顔で、

「雷電どの、そなたの刀でござる」

と差し出した。

三

「雷電重五郎、つい相手を侮り、しくじった」

と抜身を手にした雷電が言い訳した。

「雷電どの、どうだな、抜身などではなく竹刀か木刀で打ち合い稽古をなしませぬか。そなたの頭分も『そなたの役目はこやつの力を確かめることじゃ』と申されましたぞ。『こやつ』とはそれがしのことですな。どうです、いくら剣術家と申せ、抜身を軽々に振り回すのはよくありませんぞ。ほれ、頭分も賛意の表情ですぞ」

と善次郎が言うと、ちらりと秋元但馬を見た雷電が、

「ならば真剣勝負はいったん預かりか。とはいえ木刀とて、そのほうの脳天を叩けばおっ死ぬぞ、覚悟せよ」

と言いながら抜身を鞘に戻した。

「木刀でも剣呑でござるか。ならば竹刀で存分に打ち合いますか。彦九郎どの、すまぬが雷電どのに竹刀を貸してくれぬか」

と善次郎が願い、彦九郎が壁に掛かっていた竹刀の中から一本を選んで、

「師範、かの者には道場でも一番長い竹刀を渡します」

と告げた。

「おお、あの御仁、並みの背丈ではない。さらに手足も長いでな。当道場で一番

長い竹刀を使ってもらおう」

との善次郎の言葉に雷電のほうに回った彦九郎が、

「雷電重五郎様、顔の血は拭われたほうがようござる。道場の床が汚れるとわれらが掃除せねばなりませんん、厄介です」

と竹刀を差し出しながら言った。

「なに、わしの顔から血が流れているのか。どうしたのであろうか」

善次郎相手に独り相撲を取って道場の床に顔を打ちつけたことを忘れたか、あるいは思い出したくないのか、そう言いながら雷電は長尺の竹刀を受け取った。

「雷電様、そなたの刀は、お預かりしてお仲間にお渡ししておきますか」

「うむ、わしの刀をわが仲間に渡すてか。よかろう」

と応じて悠然と豪剣を渡した雷電は、片手に持った長い竹刀を振り回した。

「雷電様、まず手拭いで顔の血を拭かれるのが先ですぞ」

と若い彦九郎に何度かめに注意された雷電は懐から手拭いを出して顔を拭い、

「おお、たしかに血が出ておるわ」

と訝しげに呟いた。

「雷電様、最前転ばれた折りに顔を打ちつけて血が流れたのでございますよ」

「さような無様を見せた覚えはないわ」

と言い放った雷電がごしごしと傷を手拭いで拭い、

「あ、い、痛たた」

と思わず漏らした。

しばし痛みを堪えていた雷電が、

「血が流れるような顚末は覚えておらんが、こたびは竹刀ゆえ相手方も安心して打ち掛かってこよと伝えよ」

「小此木様にそうお伝えするのですね」

「おお」

「われら神道流青柳道場の若手門弟、ご両人の立ち合いは、大いに為になろうかと存じます。楽しみです、雷電様」

「おお、そなたら若い見習弟子にとって、雷電重五郎の立ち合いからは、なかなか真の勝負の業前が察せられんかもしれんな。だが、何年もあとにな、『おお、あの折りの雷電重五郎の技にはかようなことが秘められていたか』と分かるときがこよう」

と雷電は彦九郎に言い放った。

「ただ今のわれらにはご両人の立ち合い稽古の妙が察せられませんか」

「それがし、よちよち歩きのふたつの齢より存分に稽古を積んでまいった。それがしの相手の小此木どのも、在所剣法ながら研鑽してこられたであろう。技量上手の両人の駆け引きと妙味、ただ今のそなたらには理解できまいが、しっかりと見ておかれるがよかろう。かような機会は滅多にないぞ」

と最前より謙虚に小此木の名に敬称までつけて言った。

「雷電様、寸毫の差でも先手を取って決めたお方が勝者ですね」

「そこが甘い、真の勝負の妙味、ただ今のそなたら、若手門弟どもには分からんと言うたであろう」

「うーん、われらとて先手か後手かくらい察しがつきますぞ」

「そなた、姓名はなんだな」

と間を取りたいのか雷電は話柄を変えた。

「安心の安に生きると書いて安生と読みます、名は彦九郎です」

「安生な、よき姓であるな。ただし、わが雷電の名に比して弱い、弱過ぎるな」

「安生の姓が弱いとはどのような意にございますか」

彦九郎が真顔で質した。

「安きに生きるとは武芸者一族の姓とも思えん」

「おお、わが姓にはさような意が込められていますか」

「おお、雷電に比べるも愚かだが、さよう思わぬか」

しばし間を置いた彦九郎が、

「思いません」

と一族の姓を貶(けな)され、険しい顔で言い募った。

若いゆえ、未だ雷電なる呼び名が相撲の四股名(しこな)か姓か、区別がつかぬ安生彦九郎に、

「よいか、小此木どのとそれがしの打ち合いを見ておれば、真の勇者がだれか分かろう」

と雷電が言い放った。しばし雷電の顔を見返していた彦九郎が、

「拝見仕(つかまつ)る」

と言い残し、雷電の仲間のもとへ刀を届けに行った。すると、頭分の秋元但馬が、

「そなた、重五郎となにを話しておったな」

と尋ねた。

「雷電様があれこれと剣術について語られたあと、それがしの姓を訊かれ、安生と答えると、『安きに生きるとは武芸者一族の姓とも思えん』と貶されましたで、抗いますと、『それがしの打ち合いを見ておれば、雷電の意が、真の勇者がだれか分かろう』と言われましたで、『拝見仕る』と短くも答えたのです。そなた様も雷電様の考えに賛同なされますか」

との彦九郎の説明に、

ちえっ

と舌打ちした秋元但馬が、

「呆れたわ。あれほど『剣術家は語るに非ず、挙動で示すのが武芸者』と教え諭してきたにも拘わらず、若い相手とみると能書きを垂れおる。この余計なおしゃべりさえなければ、雷電重五郎の体格と力じゃ、剣術には、さらに格段の進歩が見られたろうに」

と悔いの言葉を呟いた。

「秋元様、お尋ね申します」

「なんだな」

「雷電様と青柳道場の客分小此木様の竹刀での打ち合い、勝者はどちらでしょうか」

秋元が道場の中央で互いに竹刀を手に対峙し合った両人を見て、

「勝者などおるまい」

と吐き捨てた。

「はあっ、立ち合い稽古に優劣はないと申されますか」

「いや、どのような稽古にも技量の優劣は表れる。そなたら若手の立ち合いでも判断がつこう」

「それがあのご両人の立ち合いに優劣はつきませんか。両者の技量が同じと申されますか」

「ならばそのほう、どちらの力が上とみたか」

「むろんわが道場の客分にして、それがしの生涯の師匠たる小此木善次郎様の力が上と確信しております」

「ゆえに両人の間には優劣の差はない」

と秋元は彦九郎の理解のできぬことを言い切った。

彦九郎が秋元の発言の真意が摑めぬという表情を見せると、

「ふたりの立ち合いをなんらの期待や推量を込めずただ無心に見よ。どうやらそなたは青柳道場の若手の中で剣術巧者とみた。ふたりの駆け引きの中でなにが起こっておるか、分かるはずだ。結果だけ見るではない」

と言い添えた秋元が道場の中央で対峙したふたりを注視し、彦九郎も眼差しを対戦の両人に戻した。


「雷電どの、当道場の立ち合い稽古は、勝ち負けを決めるに非ず。互いに相手から新たな能力を授けられる場でござる。よろしいかな」

と善次郎が頭ひとつぶん大きな雷電を見上げて願った。

「なにを分からぬことを申しておる、小此木」

ふたたび善次郎の姓から敬称が消えていた。

「それがしがそなたに立ち合いを通じて能力を授け、そなたもそれがしに新たな力を指し示すということよ」

「その意が分からぬというのだ。この雷電重五郎、そなたから能力なるものを授けられる要はない。ただ、そなたを叩き伏せるのみ。それが立ち合い稽古の真の意だ」

「ほう、さような考えが雷電重五郎どのとの立ち合い稽古の意とあらば致し方ござらぬ。お相手、お願い申しましょう」

と言い切った善次郎がゆったりとした動きで、竹刀を陰流苗木の正眼の構えに置いた。その動きに打ち合いに対する想いが込められていた。

一方相手の雷電は、善次郎の竹刀より六、七寸（約十八〜二十一センチ）は長い得物を突きの構えに素早く置いた。竹刀の先端の三尺先に善次郎の顔があった。

迅速な構えに、雷電の剣術には、

「力と速さこそが勝負の綾なり」

という考えが込められていると思えた。

雷電が、すっ、と長い竹刀を自分の胸へと引き寄せ、力を溜めるのが見えた。一気に踏み込み、竹刀を突き出せば勝負は決するという決意が見えた。

善次郎が雷電の呼吸を読んでいた。

悠然と息を吸い、寸毫止めた。そして、吐き出すと同時に巨体が雪崩込んできた。

善次郎は動かない。ただ、相手が間合いを詰めるのを冷静に見ていた。

両人の立ち合いをだれよりも近くで眺める彦九郎は、

（師匠、動かれよ）

と胸の中で念じていた。

直後、雷電の竹刀の果敢な突きが善次郎に迫り、巨体が力を込めた先端が善次郎の喉を突き破った、と彦九郎は思った。

「嗚呼」

と思わず声を出そうとして飲み込んだ。

満開の桜の花を吹き散らすようにゆったりとした春風が、雷電の渾身の力を溜めた竹刀を包み込んだ。

竹刀の先端を見つつ、善次郎の体がそよ風と化し、横手に舞った。

彦九郎の眼にも烈風をそよ風が吹き散らすのが映った。

（なんてことが）

剛直な攻めを穏やかな風が包み込み、雷電の竹刀の先端が虚空に彷徨い、両人がひとつになったと見えた瞬間、善次郎の竹刀が光となって雷電の腰に伸びていた。が、その場の大半の者は善次郎の竹刀の動きを見ていなかった。そのとき、雷電の巨体が一瞬竦み、次の瞬間、虚空を飛んで道場の床に転がっていったのだけが見えた。

（なんということが）

彦九郎は、善次郎を相手に雷電重五郎が最前の失態をふたたび犯したと思った。だが、「見たわけではなかった」。

竹刀に込められた剛直な力が無益にも虚空に拡散し、雷電の体が道場に転がっていた。

(なにが起こったのか)

道場を沈黙が支配した。

だれもがなぜかようなことになったか、烈風をそよ風が吹き飛ばしたのかわからぬままに、明快な結果を見ていた。それが沈黙につながっていた。

竹刀を引いた小此木善次郎が最初対峙した折りの位置から全く動いていないことに彦九郎は気づいた。

その場にある不動の善次郎に電撃の攻めの雷電重五郎が操られて、床に飛び転がるのを見たのだ。

床に転がされた折り、ふたたび顔面を床に叩きつけたか、

「ううう っ」

と呻く雷電がなんとか上体を上げて顔を横に振った。そして、悲鳴を上げた。

「どうしたのだ」

との言葉が道場に漏れて、立ち合いの場にひっそりと立つ小此木善次郎をその場の全員が見ていた。

「な、なにが起こった」

「………」

「どうしたのだ、わしは」

両人の近くにいた筆頭師範の財津惣右衛門が思わず答えていた。

「雷電重五郎どの、独り相撲を取られたのだ」

「ば、馬鹿な。そんな話があるか」

「いえ、さようです」

と静かに応じた惣右衛門が頭分の秋元但馬を見た。その表情は、

(道場から連れ帰られよ)

と言っていた。

先ほど両人に優劣の差はないと能書きを垂れていた秋元は驚き青くなっていた。

「小此木善次郎どの、剣術は力でもなければ技でもないな。雷電重五郎にはそなたの考えの指先ほどもないのだ、これでは立ち合い足りえぬわ。一から出直しをさせる」

と言った秋元但馬が配下のふたりに顎で雷電重五郎を連れてこよと命じ、見所の一角に立つ青柳七兵衛に一礼すると道場から立ち去った。

善次郎もまた青柳七兵衛に一礼すると、道場を騒がせたことを無言裡に詫びた。頷き返した七兵衛を見た善次郎は広い道場の端に行き、床に正座すると、沈思黙考した。

どれほどの時が経過したか。近くで人の気配に気づき、両眼を見開いた。門弟衆の大半の姿が消えていた。だが、青柳道場の若手連は残っていた。

「小此木様、お尋ねしてようございますか」

安生彦九郎が問うた。

「どのようなことかな」

「どうなされたら、あのような結果が得られたのですか。われらには何も見えませんでした。ゆえにお尋ね致します」

「なにも見なかった」

「はい。雷電重五郎どのの竹刀が不動の小此木様の喉を突き破ったかに見えました。ですが、道場の床に転がったのは雷電どの。小此木様は対峙の場にひっそりと立っておられました。かような理不尽があっていいものか」

「剣術の不思議は結果のみではありますまい。どのような短い暇の間にも両者の思惑(おもわく)が絡(から)み、動きが明確にあったはず」

「われらには思惑も動きもなにも見えておりません。事が起きたとき、われら、わが眼で見て確かめとうございます。どなたが勝ち、どなたが負けたかより、この場で起こった顚末を知りたいのです。どうすればようございますか」

「さあて、それがしにもその顚末が分かることはなかろうでな」

「小此木様、無心に戦った結果と申されますか」

「無心に戦った結果がなにを齎(もたら)すか、それがしにも答えようはない。ひとつだけそれがしが信じていることは、独り稽古であれ、相手がいての立ち合い稽古であれ、その積み重ねが剣者の動きに迅速や巧妙以上のなにかを齎すということでしょうか。お分かりになりますかな、ご一統」

しばし間を置いた彦九郎が、

「分かったと答えることは容易うございます。ですが、その時点でわが師は、それがしの返答が虚言と悟っておられる。申されたように独り稽古であれ、相手があっての立ち合いであれ、できることはそれがしの心身を鍛(きた)えることでしょうか」

「ご一統、いわしの頭も信心からと申しますな。疑いを持つ前におのれの頭に生じた考えを信じて動くことです、汗を掻くことです。いつの日か、真実を得られるかもしれません。あるいは悩みが続くかもしれません」

「それには信じて動く、汗を掻くことですね」

彦九郎の問いに善次郎はこくりと頷いた。

「相手をされた雷電どのも幼い折りから剣術を信じて修行をしてこられたと思います。あえて申します、だが、小此木様に敗れ去った。ご両人のどのような違いが生じた結果でしょうか」

「彦九郎どの、この世に百人の剣術家がいて、幼いころから厳しい修行をしてきたとしましょう。それでも百人の剣術は異なった業前になると思えませんか。安生彦九郎どのもお仲間の方々も、まず己の心身を信じて稽古をすることです。あとは、いわしの頭なんぞが、われらになにかを齎してくれましょう」

と善次郎が言い切った。

四

六月の十五夜、小此木善次郎の店にぼろ長屋の住人が招かれた。善次郎が神田明神門前の酒屋灘まんで購ってきた一斗樽（十八リットル）の下り酒と佳世が仕度した美濃風の鯖寿しなどの馳走で宴が始まった。

江戸では蒸した糯米の上に鯖を載せて笹で包み、供した。一方、美濃の在所では雑穀の上に塩漬けの鯖を載せて笹で包んで供した。

佳世は江戸にもこ洒落た鯖寿しがあるのを知って、雑穀の代わりに白米に甘辛く煮た鯖を載せて笹に包んで供してみた。さらに鯛の粗を使って野菜いっぱいのみそ味鍋も用意した。

すると、荷船の船頭ら力仕事の若い衆は、

「おお、これは美味い。初めて食ったぞ」

「わしらが通うめし屋にはかような食い物はないな」

とか、

「おりゃ、鍋汁を啜り込みながら茶碗酒がいけるわ」

と言いながら、ぐいぐいと競い合うように飲んだ。

「信吉兄い、わしら、かような上酒を飲んだことがないな。こりゃ、間違いないわ、下り酒じゃな。一斗樽の木の香りが沁みてなんとも美味いぞ」

大八車の尻押しをするデブデブの竹松が茶碗酒をくいくいと呷って、善次郎を見た。

「小此木の旦那、江戸に出てきて稼ぎがよい仕事が見つかったか。わしらのような力仕事ではないな」

「おう、小此木様は浪々の身とはいえ、お侍だ。力仕事ではねえな」

そこで信吉に代わって善次郎が答えることにした。

「信吉どの、江戸に出てまいったその日の昼下がり、ありがたいことに差配の義助どのと偶さか昌平橋近くで会ったのが運のつき始めかのう。この界隈に住まいはあろうか、仕事の口は探せようかと、それがし、初対面の御仁にいきなり質しておった。するとな、なんと義助どのが名乗り、一口長屋の差配をしておるが長屋の住人が立ち退いたばかりというではないか。そんな出会いときっかけで一口長屋に住まいが見つかり、長屋の大家でもある米問屋の越後屋に紹介されて、仕事を頂戴したのだ。その夜、わが在所、美濃の苗木では努々考えられぬ展開にわれら一家は仰天したものよ」

と江戸に出てきた折りの幸運を語った。

「なに、そんな話、この江戸でもそうそう考えられぬぞ。よほど旦那一家は、江戸が肌に合ったのかな。それにしても越後屋がお侍さんの仕事まで紹介したってか。こんど仕事がない折り、おれも米問屋越後屋を訪ねて頼んでみるか」

と馬の世話や馬場の手入れが仕事という十八歳の稲助が酒よりも食い物という感じでもりもりと食しながら善次郎を見た。すると、信吉が、

「稲助、仕事といっても、越後屋の表の稼業じゃあるめえ。裏の仕事で小此木の旦那が役立つのよ」

「信吉兄い、裏の仕事ってなんだえ」

「おめえ、越後屋が米問屋だけで何軒も長屋を持つことができると思うてか」

「うーん、越後屋にはおっかねえ大番頭がいるよな。あの爺さんが仕事をくれるのか」

「孫太夫か。まあ、おれの勘ではよ、小此木さんは旦那の嘉兵衛さんの金の取り立ての手助けを務めているとみたね」

と善次郎を見た。

善次郎は、にこにこと笑いながら茶碗酒を手に、若い衆の問答を楽しげに聞いていた。自分が若い衆にどう見られているか、いささか関心があったからだ。

「金の取り立てってなんだ」

「稲助、おめえは越後屋の裏商売が金子を用立てる金貸しだと聞いたことがないか」

「えっ、金を貸してくれるのか。おれにも貸してくれるかな」

「あのな、越後屋が金子を貸す相手は直参旗本（じきさんはたもと）と言われるお武家様方だ、御家人なんぞじゃねえや。将軍様に御目見（おめみえ）が許されて、中には何千石も禄高（ろくだか）があって殿様と呼ばれる方もいるんだ」

「馬の世話方の稲助様には銭は貸さないってか。おりゃ、最初から無理は言わねえがよ。そうだな、せいぜい」

と言いかけた稲助に、

「稲助、おめえが借りたい銭となりゃ、何百文なんて言うんだろ、ケチくさいな。越後屋の客は、禄米を担保に何十両何百両って大金を借りるのよ」

「武家方はそんな多額の借財をするのか。で、小此木の旦那の出番はどこだ」

「おお、そこだ。金を貸したはいいが、このご時世だ、客の武家方が返してくれねえことがしばしばあるのよ。そんな折りが小此木の旦那の出番よ。大番頭の孫太夫や旦那の嘉兵衛さんといっしょにお屋敷に乗り込んでよ、得意の刀を振り回して、相手方を威圧してな、借金を取り立てるとみたね」

と言った信吉が、

（でしょう）

といった顔つきで善次郎を見た。

「ほう、さような仕事があるか、信吉どの」

「違うのか。おりゃ、船の馴染みの客から聞いたぜ」

「さようか。まあ、ならばそれがしの仕事はそんなものかな」

と遠回しながらあっさりと認めた。

いくら虚言を弄したところでこの類の話は繰り返される。ならば認めたふりをしたほうが、あとに引かないことを善次郎は承知していた。

「おれにこのことをくっ喋(ちゃべ)った客はよ、取り立てた金子のうちのなにがしかが小此木さんの稼ぎになると言ったな。つまりよ、稲助、よく耳の穴をかっぽじって聞きな。二百両の取り立てに行き、小此木さんが立ち会って見事返金があったときよ、五分の割り前をもらうのよ。つまりは十両の金子が小此木さんの取り分だ。稲助の日給なんて比べものにならないほどの稼ぎよ」

「いいな、おれもそんな仕事がしてえ」

初めて口にした茶碗に半分の酒でいささか酔った稲助が漏らした。

「あのな、おめえ、剣術ができるか、生き死にの覚悟があるか。でえいち稲助は刀も持ってねえよな」

とデブデブの竹松が問答に加わった。

「おれや稲助たちはよ、日当せいぜい三百文か四百文の稼ぎなんだよな。悔しいが世間には分というものがあるんだよ」

しばし場をなんともいいようのない沈黙が支配した。

「小此木の旦那は同道しただけで十両だって、たまんないよな」

とぽつんと稲助が漏らした。

「稲助、おめえは世間が分かっちゃいねえな。うまく取り立てができたときはたしかに何両もの割り前がもらえるさ。だがよ、最前も口にしたが命がかかった仕事なんだぞ、小此木の旦那の務めはよ」

と竹松が善次郎を見たが、にこにこと笑みを返されただけだった。そこで佳世に視線を移し、

「おかみさん、いいな、何両も稼ぎがあって」
と羨ましそうな顔をした。
「ご一統さん、私も亭主どのの稼ぎはよう知りません。はっきりとしていること
は、さような稼ぎは滅多にないということです」
「ああ、そうか。今日はさ、そんな稼ぎがあったんだな、小此木さんよ」
「おう、今日ではないが、珍しくいささか稼いだでな、こうして皆と飲み食いし
ておるわ。次の稼ぎはいつになるかしれぬ」
「そうか、世間はよ、いいことばかりじゃねえものな。まあ、おれたちはよ、こ
つこつと稼いで生きていかあ。ああ、そうだ、小此木の旦那一家が一口長屋に戻
るときはさ、おれたちでな、一杯おごる場を設けるぜ」
と信吉が言って、この話柄は区切りがついた。
しばらく酒を飲んだり、鯛の粗から出た風味が効いた鍋汁を啜っていた竹松が、
「おれさ、妙なことを聞いたぜ。内藤新宿の大店の大八車を押しているときよ、
番頭がね、だれかと話していたのが、耳に入ったんだ。この近くにある一口長屋
の敷地にはよ、なんでも大金が埋まっているってさ。小此木の旦那が住んでいる
長屋のことだよな、ほんとうかね」

「竹松、大金っていくらだ」

と信吉が問い返した。

「そりゃ、大金は大金だな、何千両もの大金だ」

「ほう、われらが戻っていく一口長屋の敷地に小判が何千両も埋まっておるか。なんとも豪儀な話だのう」

「ごうぎってなんだ」

「景気のいい話ということだ」

「だってよ、いま一口長屋は二十年ぶりだかの、大普請をしている最中だろ。小判が埋まっていたら、だれかが見つけないか」

信吉が疑義を持ち出した。

「さような話には万が一にも真の話はあるまい。だがな、一口長屋に無事に戻れた暁には、毎晩何千両もの大金の埋まった土地に建つ長屋に寝てな、一家で黄金色の夢でも見ようか」

「このぼろ長屋じゃ、そんな夢は見られないもんな」

「稲助、おれたちが見る夢は馬の糞が埋まっている夢かねえ」

「ご一統、われら一家が一口長屋に戻って黄金色の夢を見た折りは、ひと晩誘うで夢を見に来られよ。どうだ、稲助どの」

「ううーん、黄金色でも夢は目覚めると消えるよな。起きて、おれの懐に小判が実際に一枚でも入っている夢ならばいいけど、ただの夢じゃつまらねえ」

「ただの夢ではつまらぬか」

「旦那、つまらないよ。でもさ、内藤新宿の大店だかの番頭の話、えらく真剣だったぞ。一口長屋にはほんとうに小判が埋まってるんじゃないかね」

と竹松が蒸し返した。

世間にそんな噂が流れているのか。たしかに小此木一家が引っ越して以来、一口長屋について神田明神との関わりを含めてあれこれと話を聞かされてきた。長屋の風情と三百余坪の敷地が生み出した他愛のない話と思ってきたが、なにか隠された話があるのかと善次郎はしばし思案して、

「さあてな、真に埋まっていたとしても、われらの金子ではあるまい。夢を見るくらいがちょうどよいのだ」

「ごうぎな夢か」

「おお、豪儀な夢でござるよ、信吉どの」

「つまりおれたちは夢でしか、大金は持てねえんだな」

「おお、稲助は馬の世話をしてな、生き物と仲良く暮らすのが生き方だ。夢の小判よりも生きている可愛い馬がよくないか」

と信吉がどこか冷めた口調で言い、

「おお、生まれたばかりの子馬は可愛いな」

と稲助が目を細めた。

竹松と稲助は、明日の仕事に差し支えるからと、信吉を残して自分たちの長屋に戻った。

「信吉どのは明日仕事がないのかな」

と善次郎が残った徳利の酒を注ぎ足しながら訊いた。

「いや、仕事はありまさあ。だが、船が出るのが昼過ぎでしてね。秩父だったかねえ、あちらにふた晩ほど泊まって石灰を積み込むんでさ」

「ほう、石灰な。なかなか面白い仕事じゃな」

「おれさ、荷船の暮らしが好きなんだよ」

「で、なにか話がありそうだな」

「最前の話さ、一口長屋に何百両だか何千両だかあったとして、うまいことおれが掘り当てたとしたらよ、おれの銭になるのかね」

「さあてな、美濃にいる折りに聞かされた話だが、他人の土地から古銭を探し当てても、見つけた人物ではのうて、その土地の持ち主のものになるとのことであった。真実かどうかは知らぬ。もし、この話のとおりならば、そなたが一口長屋の敷地内で大金を掘り出しても、あの土地の持ち主、米問屋の越後屋嘉兵衛どのの金子ということにならぬか」

「そんなところかな」

と応じた信吉が茶碗に残った酒を飲み干した。

「もう一杯どうかな」

「いや、もう十分だ。おりゃ、小便して寝よう。旦那も寝る前に厠に行くだろ」

「おお、そう致そうか」

ふたりは立ち上がると、信吉が先に土間に下りた。

善次郎は、座敷の奥の夜具の下に入れていた長谷部國重を手にすると、すでに表に出ていた信吉に続いた。

「ほう、厠に行くのにも刀を携えなさるか」

「武士の嗜み、と言いたいがそなた、なんぞ話があるのではないか」

「話ね、ないこともない。どうだえ、これから一口長屋の普請を見に行く気はないかえ」

信吉は夜空を見上げた。

夜空に月が浮かんでいた。

善次郎は十五夜ということを思い出していた。

「ほう、一口長屋にお誘いであったか。どうやら、信吉どのはなにか一口長屋に纏わる話を胸に秘めておられるようだ」

「そんなご大層な話じゃねえや。ともかく一口長屋に纏わる話は金子絡みじゃねえ。五百両や千両の小判が埋まっていてもつまらねえと思いませんかえ」

「たしかに金子では人の欲望を一時満たすだけだな」

「と、最前の場で小此木の旦那もそう考えていたのじゃねえかと思い、誘ったのさ」

「一口長屋探索か」

「へえ、普請中ゆえ、うちのぼろ長屋に住んでいなさるが、旦那はあの長屋の住人だ。夜中に訪れても、だれからも文句は出めえ」

「かのう」

ふたりは湯島一丁目から神田明神の山門へと上り、当然のことながら表戸が閉ざされた米問屋越後屋の前を抜けて、一口長屋に下りる細い坂道の上に立った。

「信吉どの、そなたの知る、一口長屋に秘められた話とはなんだな。そなたは金子には興味がないと申した」

「それだ、そいつが今ひとつ判然としねえのだ。ただ、旦那一家が住人の一口長屋に、なにか新たな話があることはたしかだ」

と応じた信吉だが、善次郎は信吉は未だ善次郎に話す気がないと悟っていた。信吉がその気になるまで待つしかあるまいと思った。

「半刻（一時間）ほど待つことになるぜ」

「ほう、半刻待てばなにか起こるかな」

「十五夜の月が一口長屋の中天にかからぬか」

「ほう、十五夜の満月が一口長屋の中天にかかるとなんぞ起きようか」

「それを知りたいのさ」

信吉の返事を聞いた小此木善次郎は手に提げていた國重を腰に差し落とした。なにが起こってもいいようにだ。

「参るかな」

「参りますかえ」

と言い合った両人は満月が照らす月明かりを頼りに坂道を下った。

先にこの夜の奇妙な散策を企てた信吉が進み、そのあとに善次郎が従った。

信吉が足を止めた。

「どうしたな」

「黒猫が一口長屋から出てきやがった」

「たしか差配の義助どのの飼猫ではないかな」

「そうかえ、おりゃ、猫は嫌いだ。ましてや黒猫ときた。妖しいぜ」

「そうかのう。猫は猫であろう。それがしが先に歩こうか」

「もはや一口長屋の手前だぜ。猫もいなくなったし、おれが行く」

と言った信吉が左手に曲がった。

木戸口に進むとふたりは並び、ふたたび足を止めた。

善次郎の視界に広い一口長屋の敷地が入ったと思った途端、十五夜に雲がかかったか暗くなった。

暗くなり、そのぶん鼻が利くようになったせいか、普請中の長屋から木の香りが漂ってきた。

しばし両人は暗闇に目が慣れるのを待った。

月にかかった雲が移動したかゆっくりと月明かりが戻ってきた。

「おう、普請がだいぶ進んだようだな」

「うちのぼろ長屋とえらい違いだな。広いし奥行きがあらあ」

「月明かりに照らされた長屋はなかなか風情があるな」

「風情な、おりゃ、ちょいと気味が悪い」

「気味が悪いだと。これだけ風情のある長屋は江戸じゅう探しても他にあるまい」

「越後屋め、この敷地に何軒か長屋を設えて安く貸すがいいじゃないか。人が多く暮らせば気味の悪さなど消えるぞ」

と言った信吉がどぶ板を踏んで敷地の奥へと進んだ。

ふたたび三度、両人は足を止めた。

行く手の、ちょうど善次郎の長屋の普請場あたりに三つの人影があった。

「なんてこった。厄介が待ってやがるぞ」

と信吉が不安の声を漏らした。

第三章　用心棒稼業

一

小此木善次郎は月明かりに怪しげな人影を確かめた。

ひとりは武家奉公、それなりの身分と思えた。紋付羽織袴に、顔は「ともこうも」と呼ばれる覆面頭巾で覆われていた。紋は銀杏の葉っぱ一枚が鶴に変じている銀杏鶴だ。腰には大小拵えの刀を差していたが、右手に善次郎が見覚えのある杖を突いていた。

残りのふたりは顔を隠した武家方の家臣か、そんななりだ。

善次郎は、三人の者たちの落ち着きぶりから見て、剣術の技量が並みではないと察した。ゆっくりと間合いを詰めた。すると家来のふたりが上役か主かを守るように静かに前に出て、刀の柄に手をかけた。

「どなたかな」

と善次郎が問うた。

「そのほうこそ何者だ」

ふたりのうち小太りの者が尋ね返した。

無言のもうひとりは六尺（約百八十二センチ）を優に超えた痩身だ。

小此木善次郎を知らぬのか、そう思える問い方だった。

「それがし、この長屋の住人だがな、かように普請中ゆえ、近くの別の長屋に厄介になっておるのだ。こちらの事情はお分かりになったな。となると、訪いのそなた方がまず名乗り、なぜここにおるのか話されるのが礼儀と心得るがどうだな」

「ほう、この一口長屋の住人にて、ただ今は別の長屋に暮らしておるか」

「さよう」

「名を訊こう」

「待て、待ってくれぬか。そなたらが何者か、当然先に答えるべきだ」

「そのようなことは」

「知らぬほうがいいと申されるか。それにしても一口長屋を承知で初めて訪ねてきたにしては異な刻限ですな。どなたに用事ですかな」

「そのほうがこの長屋と関わりがある証しがあるか」

「主どのが手にされておる竹棒、それがしの持ちものでな。どこで得られたな」

善次郎が問うと、無言の主は棒を持ち上げて二度三度と振った。

力を入れたとは思えなかったが、節だらけの老いた竹棒が虚空を鋭く裂く音がした。

「何用あってわが長屋に参られたな」

「われら、どこであれ、どのような刻限であれ、関心のある場を訪ねてもよき階級である。浪々の身のそのほう風情に説明の要なし」

「かつては主持ちでしたがな、数年前に辞してたしかに浪々の身にござる。それがなにか」

「浪人ひとり叩き伏せても、どこからもなんら、われらは罪咎には問われぬ。とはいえ、浪々のそのほうを叩き伏せるのもうっとうしい」

と小太りが漏らしながら、間合いを詰めてきた。もうひとりの痩身も無言で仲間に従った。無駄のない動きで戦いに慣れていた。

上役か主か、竹棒を振り回した武家だけが最前の場から動かず、口を利かない。
「下がっておられよ」
と善次郎は背後に従っていた信吉に告げた。
その声が聞こえたか聞こえぬか、信吉はなにも答えなかったが、不意に、ああ、
と答えて慌てて間合いを取った気配がした。
「こいつら、何者だ。淡路坂下の十手持ち左之助親分を呼ぼうか」
「聞かなかったか。この方々は公儀の、それもなかなかの身分だそうだ。呼んだ
としてもなんの役にも立つまい。却って親分に迷惑がかかろうな」
と善次郎が信吉に告げた。
「おい、小此木の旦那よ、一口長屋の差配も住人もどこに行ったよ。まるで無人
ではねえか」
信吉が問うた。
善次郎も気になっていたことだ。そして、いま信吉が善次郎の姓を口にした瞬
間、竹棒を手にした武家が微妙に反応した。もしや小此木善次郎に用事があって
のことか、と推量した。ただし覚えは全くない。
「このお方らの指図で、一口長屋の差配以下の住人はどこぞに行かされておるよ

うだ」

「まさか、こいつらが斬ったなんてことはねえよな」

「それはあるまい」

　と答えた善次郎が、

「お互いおよその立場を承知したようだ。どうなさるつもりかな。できれば竹棒を置いて一口長屋から退去してくれぬか」

　との言葉を聞いた主が竹棒を善次郎に虚空高く、緩やかに投げて寄越した。緩やかな弧を描いて飛んでくる竹棒は、落下した折り、善次郎が容易く受け取れる投げ方だ。

　一瞬片手を伸ばしかけた善次郎は小太りの武士が背を丸めて突っ込んでくるのを察した。竹棒は放念して、相手の抜き打ちに合わせて踏み込み、長谷部國重を鞘走らせた。

　小太りの刀が抜き打たれる直前、國重の柄が相手の柄と絡み合って動きを止めた。

　相手が、ちえっ、と舌打ちした。

　そのとき、善次郎はもう痩身の武士の動きを注視していた。

ふたり目が攻めかけて動きを止めた。

「小此木某、そなたの言葉を今宵は聞きおこう。どうやらまた近々会うことになりそうだ」

とくぐもった声が覆面頭巾の中から聞こえ、

「両人、刀を納めよ」

とさらに命じた。

善次郎の國重の柄が小太りの抜き打ちを止めていたのを、善次郎はさっ、と引いた。小太りも、何事もなかったように抜きかけて止められていた刀を鞘に戻した。

善次郎は背後の信吉を守るようにしながら三人に道を空けた。

「小此木とやら、なかなかの腕前じゃのう。流儀はなにか」

善次郎の前で足を止めた上役が質した。

「陰流苗木。在所剣法にござる」

「居合(いあい)も使うか」

「夢想流抜刀技、こちらも在所の武術でしてな」

「在所とはどこか」

「細(ささ)やかな大名領苗木でござる」

「ほう、美濃国一万二十一石遠山美濃守友寿(ともひさ)どのの家臣であったか」

と上役は言い切った。

ということは老中支配の大目付(おおめつけ)か、と善次郎は詳しくもない公儀の役職を想像した。

大目付の中でも道中奉行を兼帯(けんたい)する者は大目付の主席で、将軍の代理として旗本及び大名を監察した。ゆえに大名三百諸侯を差配したが、わずか一万二十一石の美濃苗木藩までも承知とは、善次郎には信じられなかった。

「驚き申した」

「なにに驚いたと言うか」

「江戸にて美濃の苗木藩というてもだれひとりとして承知していた者にはこれまで出会っておりませぬ」

と答えた善次郎は、

「一口長屋を訪ねられた曰(いわ)くをお教えなさるまいな」

とさらに問うた。

「小此木某、教えたくもわれらもよう知らんでな。ゆえに今宵、見に参った」

「どうでございましたな、一口長屋の印象は」

「たしかに訝しいのう。そのほう、住人と言うたがいつから住まいしおるな」

「およそ二年前からにござる」

しばし間を置いた相手が、

「だれぞの口利き状を携えておったか」

「苗木藩の下士の俸給半知の通告を受けて、江戸に生きる道を求めて逃れてきた者が口利き状など携えてはおりませぬ」

「紹介者もなかったか」

「はい。一口長屋に空き部屋が出た折りにそれがし、こちらの差配どのに昌平橋付近で出会い、江戸の長屋事情を知らぬゆえ厚かましくも願ってみました。ふたりが会ったのは偶さか、そして、差配の長屋がひと部屋空いておったのも偶然のことでした。そのようなわけで、江戸に出てきたその日に一口長屋の住人になりました。のちに考えて実に幸運なことであったと思うておりまする」

「そのほうが申すことが真ならば、そなた、なにやら運を持っておるようじゃな」

「在所におるときは食うや食わずの暮らしでござった。それが江戸で住まいも仕事も見つかり申した。江戸はそれがしにとってよきところでござる」

覆面頭巾に顔を隠した武家が頭巾の間から善次郎を凝視していたが、

「小此木、近々再会しようか」

「それがしのほうには会う要はござらぬ」

「かように一口長屋で知り合った。ゆえに再会せねばなるまい」

と言い残して、三人の姿は消えた。

無言で見送った善次郎に、

「小此木の旦那よ、あいつらそんなに偉いのか」

と信吉が訊いた。

「偉いかどうかは存ぜぬ。だが、信吉、かれらのことは決して口にしてはならぬ。われら、出会ったこともない」

「だってよ、たった今まで会って話をしていたじゃないか」

「いや、一口長屋でわれら今宵、黒猫以外、生き物には会わなかったのだ。いいか、あの者たちについて喋ったりすると、厄介なことになる」

「厄介なことってなんだ」

「信吉どの、そなたがあの三人を見た折り、思わずなんと口にしたか覚えておるか」

「うーむ、おれがなんて言ったって」

「それがしは聞いた。そなたは不意に『厄介が待ってやがるぞ』と呟いたのだ。咄嗟に発したその言葉に間違いはなかった。あの者たちのことを向後だれにも喋ってはならぬ。喋ると死ぬ目に遭う」

「そんな馬鹿な。ここはよ、江戸だぜ。そんなことが起こってたまるか」

「それがしの言葉が信じられぬか」

「だって、おまえさんは幽霊坂の青柳道場の客分師範だろ。あんなやつらと最前、途中まで刀を抜き合った折りも、小此木さんがあいつの動きを刀も抜かずに止めたんだよな」

「あの者は油断したのだ。この次はそうはいくまい」

「そうかね、小此木の旦那、なにかあったらおれを守ってくれるよな」

「それには本日のことはすべて忘れるのが条件だ。そなた、それがしを信じるならば、よいな、今宵のことは忘れよ。われら、古長屋で酒食をともにして、厠に行って寝た。ゆえに一口長屋など訪ねておらぬ」

信吉が間を置いて考えた。

「小此木の旦那、そう何度も言わなくたっていいぜ。おりゃ、小便して寝た。明日からはまた荷船に乗ってよ、船頭の五郎平さんと見習の光助と秩父行だ。なにか思い出したとしても水の上、船頭も見習も自分の仕事で精一杯よ」

「それがいい。そなたの命を守るためになんとしても今宵のことは忘れるのだ」

「ああ、そうする」

と答えた信吉が、

「おい、この長屋の連中はどこへ行ったんだ。まさか、殺されたってことはないよな」

と懸念を繰り返した。

「それはあるまい。あの者たち、義助どのや八五郎どのらをひと晩留守にさせて、この一口長屋を訪ねてきたのだ。ゆえにわれらを見たとき、長屋の者が戻ってきたと思ったのだろう。明日にはどこぞから戻ってこられよう」

と善次郎は願望を述べた。とはいえ一口長屋はすでにたっぷりと厄介に見舞われていると思った。

「信吉どの、古長屋に戻ろうか」

善次郎は覆面頭巾の武家が投げて寄越した竹棒を拾い、いま一度普請中の一口長屋を見回した。傍らの信吉も善次郎の真似をして奥に広がる敷地を眺めた。

「黒猫がよ、気味が悪かったんじゃないんだ、あの三人が気味悪いんだ」

と信吉が呟いた。

善次郎が信吉を振り返った。

「なんだよ、なにか言ったか。小此木の旦那とおれしかいないんだぜ。なんでもねえよな」

「用心に越したことはない。ともかくこの数日、用心をしてくれよ」

「ああ、荷船に乗ってよ、明日から三日は水の上だ」

「今晩、われら、なにをなしたんだ」

「小此木さんのところでよ、酒とめしを馳走になって厠に行き、一口長屋など訪ねずにな、早々に寝た。それでいいな」

「一口長屋の名など決して口にしてはならぬ」

「ああ、そうする」

と応じた信吉を従えて善次郎が木戸門に向かった。

「旦那、おれに先に行かせてくれないか。ぼろ長屋への近道をおれが教えてやるからよ」

「なに、神田明神門前に上がらず、神田明神下同朋町に下らずに古長屋に行けるか」

「おお、見ていな」

狭い坂道に出た信吉は、くるりと裾を捲って後ろ帯に挟み込み、

「おれの尻についてくるんだぜ」

と月明かりも届かない暗がりに身を沈めた。

「待て、待ってくれ」

と願った善次郎は左腰に手挟んだ國重を背に負うように差し替えた。そして、竹棒を頼りに信吉の背後に従った。

「この界隈、神田明神下御台所町って町名だが、だれもそんな長ったらしい名で呼びやしねえ。台所町って呼びやがる」

信吉の息遣いが聞こえた。

「そんでな、この界隈に御家人の屋敷が四軒あらあ、四軒の屋敷の間にさ、路地って呼べねえ、小道がのたくってんのよ。ほれ、これからが御家人屋敷の塀だ。頭を下げていねえとぶつかるぜ、壁が壊れてあいている穴を潜るからよ」

と説明を受けても、善次郎はただ信吉の尻に従うのがやっとだった。どこをど

う通っているのか全く推量がつかなかった。

信吉でさえ何度か立ち止まり、暗がりの中を手探りしていたが、

「こっちだよ。もう少しでぼろ長屋に辿りつくからよ」

と言ったあと、不意に月明かりが当たる越後屋の家作の一軒、古長屋に着いていた。

「ほれ、近いだろ」

「暗闇を何刻も彷徨った気が致す」

「なに言ってんだよ、たったのちょんの間だぞ」

と信吉が立ち上がり、伸びをした。


翌朝、善次郎が古長屋で起きたとき、すでに信吉は昼過ぎからのはずの仕事に出かけていた。昨夜のことがあったから、長屋にいるより馴染みの荷船にいるほうを選んだと見えた。

善次郎が井戸端で顔を洗っていると、差配の義助が姿を見せた。

「小此木さんよ、昨晩、一口長屋を訪ねたそうだな」

「それがし、さような真似はしておらぬぞ」

「ふーん、湯島一丁目の坂道でさ、荷船の船頭の信吉と会ったのだ。すると信吉が前夜のことを漏らしたのだ」

「なんと漏らしたか知らぬが、それがしは早々に寝たからな」

「そう言い切れるか。信吉は、『差配、おめえさんだから言っておこう』と断って一口長屋を昨夜訪ねて厄介に見舞われたと報告したんだぜ。それでも白を切るか」

「おお、それがし、全く覚えはないでな」

義助がさらに言いかけて間を置き、質した。

「その三人組、小此木の旦那が怯えるほど厄介な連中か」

「義助どの、怯えるもなにもそれがしは覚えがないで答えようがないわ」

「水臭くないか。小此木善次郎と義助はそれなりに信頼し合う間柄だよな」

「義助どの、うちで茶を飲まぬか。女房どのも、それがしは昨夜早寝したと言うはずでな」

と善次郎は義助を古長屋に連れ込み、佳世に目配せをした。佳世とは昨夜のうちに口裏を合わせてあった。

二

「ええ、昨夜は酒(ささ)を飲まれて早寝されましたな。亭主どの、このところ歳を取られたせいか酒が弱くなられた」

佳世が応えて芳之助と井戸端に出ていった。

「えっ、信吉の言い分が正しいのか、それともおめえさん夫婦の言うことがまっとうなのか。どちらだよ」

と義助が詰問(きつもん)した。

しばし義助の顔を正視した善次郎が、

「すべて信吉どのの申すことが正しいのだ」

と小声で漏らした。

「ならばどうしておめえさん夫婦は妙な虚言を弄するのだ」

「義助どの、それがしの申すことを真剣に聞いてほしい。これは信吉とそれがしの命が、ただ今となっては、信吉から話を聞いたそなたの命がかかっておるほど厄介極まりない一件なのだ」

「そんな馬鹿な」

と言いかけた義助に昨夜経験した仔細を語った。

「よいか、義助どの、若い信吉どのは世間の怖さを未だ知らぬ、昨夜の三人を見ても怖さを知ろうとはしなかったのだ。あの者たちはわれらの命を奪うことをなんとも思うておらぬ連中だ。そなたに信吉どのが告げて、それがしがただ今そなたに言い添えたことで、義助どの、そなたもこの一件に巻き込まれた」

「そんなこと、ありか」

「信じぬか、それがしの申すこと」

「冗談ではないんだな」

と義助がこれまでとは違った険しい表情で念押しした。長年差配を務めて、世間の雑多な出来事を見聞してきた点が信吉とは異なっていた。だが、全面的に信じたかどうか善次郎には判断がつかなかった。

「それがしの身内の命さえ危ないと考えておる。義助どの、信じられぬか」

「身内って佳世さんと芳坊か」

義助の問いに相手を正視して善次郎は頷いた。

「な、なんてこった」

と義助が漏らした。

義助の返答にはようやく善次郎が言うことを漠然(ばくぜん)とながら信じた気配があった。

「義助どの、今朝、信吉とは会わなかったのだ。むろん問答などしたこともない。それがしを信じて、この忠吉を受け止めてくれぬか」

と言う善次郎を凝視していた義助が大きく首肯した。

事の深刻さに万一のことを考え、善次郎は大家の越後屋にだけは昨晩の三人組との邂逅(かいこう)を知らせておくべきだと思い、急ぎ神田明神門前の越後屋を訪れ大番頭の孫太夫に面会した。


善次郎はいつもより遅くなったが幽霊坂の青柳道場に顔を出した。

「おや、珍しいな。そなたがこの刻限に来るとは」

「ちと仕事のことで話し合いをしていましたでな。遅くなってしまった」

と筆頭師範の財津惣右衛門に応えた。

善次郎はたとえ遅くなったとしても、なにより己を見舞った妙な懸念を稽古することで振り払い、頭をさっぱりとさせたかったのだ。

「米問屋の越後屋に立ち寄っておられたか」

「おお、急ぎではないが、いささか面倒な仕事を頼まれました」

と善次郎は虚言を弄した。

「仕事なれば稽古より大事じゃからな」

「いかにもさよう」

「どうだ、稽古をしませんか」

「おお、師範が指導してくれまするか」

「客分はその若さゆえ上り坂、それがしはこの齢よ。どんどん差が開くばかり、師範の肩書きだけで、そなたに指導などできるものか」

と言った財津師範と客分の善次郎は互いの力と技を慮りつつも、ときには必死の打ち合いを四半刻ほどなした。そして、すいっ、と財津師範が身を引いた。

善次郎は最前よりすっきりとした気分になっていた。

「おかげさまですっきりし申した」

「越後屋の仕事はそれほど面倒ですか」

「師範との稽古と仕事では比べものにはなりません」

「まあ、こちらはいくら打ち合ったとて一文にもならんでな」

と苦笑いした財津師範に一礼した。するとすでに次の稽古相手が待っていた。

青柳道場の若手の安生彦九郎だ。その背後に三人の仲間たちが控えていた。

「おお、彦九郎どのか。近ごろそなたらも力をつけてきたでな、財津師範との稽古のあと、太刀打ちできようか」

「小此木善次郎様、冗談を言われますな。われら風情が束になっても敵いませぬ。どうかご指導のほどを」

と改めて願った。

彦九郎は、剣術の面白さが分かりかけているのだろう。生き生きとして顔が上気していた。

善次郎はまず彦九郎を相手にして仲間の三人と適宜交代しながら半刻ほど立ち合った。最後に何度目になるか、安生彦九郎の相手をして、

「彦九郎どのをはじめ、ご一統、確実に力をつけてこられたな。もはや青柳道場の新入り門弟ではござらぬ。それがし、これ以上、相手ができぬ」

と言った善次郎に、

「小此木様、われら、かように荒い息をして問答も容易くできませぬが、小此木様は平然としておられます。それでもいくらかわれら、よくなりましたか」

「おお、それがしがそなたらと出会った二年前と比べ、格段の進歩ですぞ。今年

の対抗戦も好成績でしたな、来年の他道場との試合が一段と楽しみにござるな」

「小此木客分、そのことだ」

ふたりの問答に財津筆頭師範が加わった。

「なんぞございますかな」

「おお、来春の他道場との具足開き（ぐそくびら）きじゃが、なんとただ今の段階で十二道場が申し込んでこられたわ。江戸で名だたる剣道場はほとんどこの中に入っておるぞ」

と今年青柳道場に集まった道場以外の名を挙げた。

「おお、凄いぞ」

と興奮気味の声で叫んだのは彦九郎だ。

「彦九郎どの、いささか平静さを欠いておらぬか、まずは落ち着きなされ。師範が挙げられた新たな道場を、そなたいくつか承知かな」

「客分、もちろん承知です、ただしふたつだけです。とは申せ、実際に見物したのは十年以上前のことです」

ということは安生彦九郎が本式に剣術を始めようとした六、七歳の折りに親御に連れられて見物に行ったかと善次郎は思った。

「彦九郎、ふたつの道場とはどこだな」

師範の財津が彦九郎に質した。

「ひとつは四谷にある馬庭念流の樋口吉兵衛道場です」

「ほう、馬庭念流の樋口道場か。で、もうひとつは」

「新川沿いの霊岸島四日市町裏、甲源一刀流大川道場でした」

「武州秩父両神村にいまも宗家道場のある甲源一刀流な。彦九郎、なぜ、どちらかに入門しなかった」

財津も善次郎と同じことを考えたようだ。

「はい。ひとつは道場に通うのに遠く、もうひとつはそれがしの体を見て、十歳を越えたら来よと体よく断られたからです」

「それで青柳道場に入門したか」

「はい。そのふたつの道場の門弟衆と立ち合いますか。なにかの縁を感じます」

「うーむ、縁な。今年の八道場対抗戦よりも勝ち残るのは至難の業じゃぞ」

「分かっております。ですが」

と言いかけた彦九郎が、

「師範、来春の具足開きはどちらで催されますか」

「今年も勝った実績からからかのう。わが幽霊坂の神道流青柳道場で、具足開きの吉例、毎年と同じ一月十一日に催されることになった」

「おお、それはよい」

今年の具足開きの八道場対抗戦に勝ち残ったのが安生彦九郎の自信となってい
た。

「小此木様、これまで以上に厳しいご指導をお願いします」

「改めて明日からの稽古の方法を考えましょう。ただし、彦九郎どの、ご一統、
対抗戦に勝ち残るための稽古はつまりますまい」

「と、申されますと。なんのための稽古でしょう」

「そうだな。己の未知の力を引き出すための、己との稽古とでも申そうか」

「己と打ち合うことはできませぬ」

「いや、だれと立ち合っていても己ならばどう攻める、どう守ると考えれば、眼
前の相手と同時に自分と立ち合っていることにはなりませぬかな」

「ううーん、客分が厄介なことを申されているぞ。おい、われら、ふた組に分か
れて戦いつつも己との稽古を致すのだと」

そう言いながらも、彦九郎が仲間たちと新たな稽古を始めた。

「彦九郎め、張り切り過ぎておりませぬか、客分」

「そのことです。昨年と今年、若手の対抗戦に勝ち残ったのが彦九郎どのの自信になっておるようです。師範から来春の具足開き開催を知り、新たな道場も加わったこともあって、いよいよ張り切りましたかな、悪しき考えではありませぬ。今少し平静になるように妙な提案をしましたが、ただ今の彦九郎どのには効きませぬかな」

「そのようですな。ですが、小此木どのの申されるとおり、若いうちに自信過剰になるのは悪くはありますまい。いつの日か、同じ年ごろの相手から叩きのめされる日が必ず参りましょう。その折り、どう立ち直るかが、安生彦九郎が、本物の剣術家に育つかどうかの分かれ目ではありませんか」

「師範は、青柳道場で無数の若武者を見てこられたからようお分かりですな」

「小此木善次郎どのは彦九郎の齢にはどのようでしたな」

財津師範が話の矛先(ほこさき)を善次郎に振った。

「在所の苗木にはこの道場の若手衆のような競争相手はおりませんでした。その代わり、幼い折りは祖父から叩きのめされ、祖父が身罷ってからは父から叩かれ蹴られて道場の床を舐(な)める日々でした。自信など小指の先ほども感じたことはありませんでしたな、ただ今の彦九郎どのの大らかさが羨ましい」

「なんと客分の若き日々はさように厳しいものでしたか。うちの道場は厳しい稽古で知られてますが、道場の床に転がされて床を舐めるごとき稽古は、ご存じのようにありません。ですが、ただ今の客分の陰流苗木の腕前は、祖父御と父御によって育まれたことは間違いない。感謝しかありますまいな」

「師範、それがし、人物が小さいのでござろう。今も祖父と父ふたりへの憎しみしか残っておらぬ」

「ほう、それほどご両人の稽古は厳しゅうございましたか。驚きました」

「よろよろと立ち上がると木刀が飛んできます。必死で避けねば大怪我は間違いない。幾たびもさような痛い目に遭ってきたのです。それでも、筆頭師範、感謝しなければなりませぬかな」

善次郎の言葉に呻いた財津師範が、

「そなた、苗木領を出たのは、下士の俸給が半分に減らされて食うていけぬようになったからと申されましたが、他にこのことと関わりある曰くがあったのではありませぬか」

と善次郎に質した。

「師範はあれこれと経験してござる」

「やはり道場稽古の厳しさでしたか」

「師範として美濃の道場で教えるのは楽しゅうござった。ただし父から見れば一介の弟子に過ぎなかったのでしょう。ために大勢の弟子の前で床に転がされる日々、父の厳しい稽古はうんざりでしたな」

と善次郎は言い切った。

「ほう、他の門弟衆の前で床を這いつくばっているのに耐えられましたか」

「はい、なんとか」

「なぜ耐えられたのでござろうな。差し支えなければお聞かせいただけますかな」

「幼馴染（おさななじみ）の佳世がいたからです。佳世はいつも、それがしが床から這い上がるのをどこからか哀（かな）しげな眼差しで見つめておりました。そして、稽古のあと、『かようなことは、いつかは終わります』と諭してくれました」

「妻女はお優しいお方ですな。客分の救いの神でしたか」

「そんな佳世と別れるか剣術を取るかと父から命じられました」

と淡々と告げると、

「な、なんと」

と師範が善次郎を凝視した。

「それがし、剣術を捨てる覚悟で佳世といっしょに苗木を出ました。むろん追捕(ついぶ)の手が伸びました。ですが、追捕の者たちはそれがしが父親によって床に転がされていることを承知の者ばかり、『われら、善次郎どのを師匠の前に連れ戻すことはできぬ。よいな、逃げられよ、苗木から少しでも遠くへと逃げなされ。師匠の手のかからぬ地に逃げるのです』と見逃してくれました。

そのとき、それがし、佳世といっしょに生きようと思いました。それがしが稼ぐには人足でもなんでもやるしかない。だが、生きていくために剣術を試してみようと思いました」

「もしやして一度だけ道場破りをなした折りのことではありませんかな」

惣右衛門の言葉に頷いた。

「その折り、祖父御や父御から叩き込まれた己の陰流苗木が並みの技量ではない、世に通用するのだと察せられましたか」

「もはや来し方(こしかた)は考えませんでした。佳世とふたり、いや、生まれてくる子のために生きようと思いました」

「それでも客分の今があるのは祖父御と父御のおかげと申したら、それがし、怒られましょうかな」

「過ぎし日々のことは考えぬと申しましたな。それがしには過ぎし日々はありませぬ。あるのは、ただ今のこの時だけでござる」

「客分、いささか年寄りくさい言い方にござるが、小此木善次郎どのは正しい生き方をされておられる。これ以上の生き方はござらぬ」

と惣右衛門が言い切り、

「師範、それに勝る褒め言葉はござらぬ」

と善次郎も応じた。


この日の夕刻、古長屋に戻ると、越後屋嘉兵衛から呼び出しがあったと佳世に聞かされた。

「急ぎの用事であろうか」

「使いのお方はお戻り次第にと申されました。そして、うちでは購いようもない酒と魚を頂戴しました」

上がり框に置かれた越後屋からの贈りものに目をやった。

「それに、なにやら義助さんも、孫太夫さんからの連絡でおまえ様に用があるようでした」

「なんとも忙しいことよ。今宵はこれらを飲み食いできそうにないな。佳世、そなた、芳之助といっしょに夕餉を先に食してくれ」

と願った善次郎は米問屋の越後屋に向かった。

とはいえ、越後屋の用件とは、表の稼業の米問屋に関わりの御用ではあるまい。まず裏稼業の金貸しに関する騒ぎの始末のことと察した。すると越後屋の閉じられた表戸が常夜灯に浮かぶ中に差配の義助がいた。

「おや、義助どの、どうなされた」

「おまえさんを待っていたのよ。例の三人組が越後屋を訪れたらしいや。それでな、信吉の居場所を訊いたそうな。応対したのは大番頭の孫太夫さんよ。さすがだな、うちの家作の住人一人ひとりの動静など知らぬと突っぱねたそうだ」

「さすがは古狸だな」

「孫太夫さんは、信吉が荷船の船頭をしていることは承知だが、荷船を束ねている船問屋は知らぬと答えたそうだ。このことをおまえさんに知らせようとして、おれのところに使いをくれたのよ。で、おまえさんのかみさんにつないだが、亭主がどこに行ったか知らないという。事情を先に聞いておくが早いと越後屋に来たんだが、越後屋嘉兵衛様から別の呼び出しがあったと佳世さんから聞いてたから、長屋から来るおまえさんと擦れ違いになるといけないしな、越後屋を見張っていれば会えると思ってよ」

「おお、待っておられたか」

「おい、信吉はどこに行ったか知らないか。あの三人組は並みじゃねえな。本気で信吉をどうにかする気なのか」

「信吉どのならば、向こう二日ほどは江戸にはおらぬわ。今朝がたから荷船に乗って秩父に石灰だかを積み込みに行っておるでな」

「江戸から離れておるか、独りでか」

「いや、船頭と見習のふたりが乗っておるそうな。信吉が加わって三人が慣れた船旅をしておるのだ、いくらあの者たちとて、捉まえることはできまい」

「おお、ならば信吉は大丈夫だな。おい、信吉がおれにあの夜のことを話したのをよ、あいつらは知ってるんじゃないよな。もし知っていたらよ、おれも危ないんじゃないか。待ち伏せなんかされたら事だぜ。あのさ、嘉兵衛様の用事がなにか知らないが、おれ、おまえさんに同道してこの数日過ごせないか」

「なに、わが長屋の差配どのといっしょに過ごすか」

と善次郎は越後屋の表戸を見ながらしばし考えた。

「まさかとは思うが今宵の用事も三人組に関わりがあるやもしれぬな。ならばいっしょに越後屋を訪ねるか」

「おっ、安心したぜ」

と義助が安堵の声を漏らした。

三

越後屋の用件は、三人組とは関わりのない裏稼業の金貸しの諍いだった。

「嘉兵衛どの、その屋敷にはこれから訪ねますかな」

と善次郎が訊くと、嘉兵衛は同道してきた義助をちらりと見て、

「うちの差配を連れてこられたには曰くがございますかな」

と問い返した。

当然の疑問だった。そこで善次郎が義助が抱いている恐怖を告げた。

「なにっ、昨夜一口長屋に現れたという三人組、小此木様や差配のことまで見張っておりますか」

「あの者たちの狙いは古長屋の住人の信吉どののお喋りを防ぐことです。だが、信吉どのが差配に訴えたことで、なんとなくですが、差配もそれがしも狙われておるようです。今宵こちらに呼ばれた用件は、もしかして三人組と関わりがあるかもしれぬと考え、ふたりしてこちらに参りました」

「おお、そういうことですか。こちらの用件は、うちの裏稼業に関わることです。とはいえ、この刻限に借財の取り立てで屋敷を訪ねるのはいささか非礼でしょう。こちらは明日に願えませぬか」

と嘉兵衛が答えた。

「相分かりました。朝稽古を終えてから、こちらにお邪魔するのでよろしゅうござろうか」

「それで結構です」

と応じた嘉兵衛が、

「信吉は無事なんですね」

と三人組の一件に話を戻した。

「荷船の船頭の仕事で信吉は秩父に参っております。戻ってくるのは明後日と聞いておりますので、差し当たって信吉の身に危険が及ぶことはございますまい」

と善次郎が楽観的な考えを告げると、しばし腕組みして思案した嘉兵衛が、

「小此木様、この一件、嫌な感じがしますな。この者たちの身分が未だはっきりしませぬな。つまりなにを考えて動いているのか分かりません。しばらく信吉の身が危ないのではありませんかな」

「うーむ、嘉兵衛どのはこの一件、そう容易いものではないと思われますか」

「なんとなくですがそんな気がします」

「ならば、信吉どのの荷船が戻ってくるのを、昌平橋の船着場にてそれがしが待ち受けておりましょうか。さあて、その先、信吉をどうしたものか」

「さようですな。この者たちの狙いは一口長屋なのか、それともうち、越後屋ということもありえるのか。ともあれ、小此木様、住人の信吉の他に差配の義助まで狙われているかもしれないとなると、これはもう越後屋として対応すべきですな。うちでもこやつらの狙いを調べてみます」

と嘉兵衛が言い切った。

「ありがたい」

と礼を述べた善次郎と義助は越後屋から辞去してそれぞれの住まいに戻ることにした。

まず善次郎が一口長屋に義助を送っていくことにした。

「なにやら落ち着かないこと甚(はなは)だしいな。まさか一口長屋に三人組が押し込むことはあるまいな」

「とは思うが、深夜やつらが襲ってきたと感じた折りは、義助どの、鍋でも釜でも音が出るものを叩いて長屋じゅうの住人を起こすのだ」

「なに、そんな真似までわっしがやらなきゃあならぬか」

と義助が質した。

「それがしにはやつらがどう出るか、なんとも言えぬ。ともかくだ、身に危険が迫った折りにはどんな真似でもせよ」

と善次郎が言った。

しばし沈思していた義助が自分に言い聞かせるように、

「そうする」

と呟いた。

「ともかく当分夜の独り歩きはしてはなるまい」

「なんとも厄介なことになったな」

一口長屋の木戸口で義助と別れた善次郎は不安に襲われつつ古長屋に戻った。

井戸端で佳世が芳之助の世話を焼きながら食事の支度をしていた。

(おお、無事だったな)

とほっと安堵した。

「佳世、なんぞ異変はなかったようだな」

と声をかけると芳之助が、

「ああ、とっちゃんが戻ってきた」

と嬉しそうに振り返り、

「これ、芳之助、とっちゃんではありません。父上と教えませんでしたか」

と叱られた芳之助が慌てて、

「ちちうえ、かえったか」

「父上、戻られましたか、と言いなされ」

佳世が言い直させ、その後、善次郎の前で何度も母子の問答が繰り返された。

「やはり町屋で暮らしていくのは、言葉を教えることとひとつをとっても難しいな。

どうしたものか」

と独語した善次郎はふと気づき、

「芳之助、朝早く起きられるか」

「早くおきてどうする」

「父といっしょに幽霊坂の道場に行かぬか。そなたの齢では剣術の稽古はいささか早いが、芳之助は同じ年ごろの子に比べて背丈が大きい。五つの男の子ほどの背丈があるでな、剣術の稽古を始めるのはどうだ」

「ちちうえ、どうじょうにいく」

と芳之助が即答した。

遊び相手のいない古長屋の暮らしにうんざりしていたのだろう。

「父と同じく七つ半（午前五時）には起きねばならぬぞ。起きられるか」

「おきる」

「よし、ならば芳之助は幽霊坂の青柳道場に通うぞ」

「はい」

との問答を善次郎は信じたわけではなかった。だが、夜寝る折りに善次郎がこさえた短い木刀を枕元に置いて寝た芳之助は、

「芳之助、道場に参るぞ」

と声をかけながら揺り起こすと、寝ぼけ眼(まなこ)ながら起きて着替えをした。

そんなわけで父子は古長屋を出ると芋洗河岸へと下り、昌平橋を渡って青柳道

場への段々道を上がった。

「芳之助、ここが神道流青柳道場である。よいか、道場主の青柳七兵衛先生にお会いしたら、『小此木芳之助です、稽古をさせてください』と願うのだ」

「ちちうえ、せんせいにたのむ」

「おお、頭を下げて願うのだ」

父子が道場に入っていくと、すでに稽古は始まっていた。

「おや、客分、本日は倅どのを同道なされたか」

と筆頭師範の財津惣右衛門が迎えた。

「いささか事情があってな」

と前置きして経緯を述べた。

「おお、町屋の裏長屋の暮らしで武家言葉を使うのは難しかろう。道場ならば一応武士ばかり、しばらく遊ばせる心算で連れてこられればよい」

と応じた財津師範だったが、

(さあて、いつまで続くかのう)

という表情が見えた。

芳之助は善次郎手作りの木刀を摑んで道場の稽古風景を呆然と見ていた。門弟の中で一番若いのが安生彦九郎らだ。とはいえ十七、八歳だ。未だ新入りと称される彦九郎らはすでに十年近く青柳道場で稽古に揉まれてきたのだ、もはやしっかりとした体つきだった。

芳之助は、初めて目にする、江戸でも厳しいことで知られる青柳道場の門弟衆が打ち合う稽古に驚き、言葉も発せられないようだった。

それを見た財津師範が、

「客分、それがしが芳之助を青柳先生に引き合わせよう」

と言い、

「芳之助、この財津が青柳先生に引き合わせる。挨拶はできるな」

と直に問うた。父の善次郎だと甘えが出ると思ったのだろう。

「師範、お願い申す」

と善次郎が頭を下げて、芳之助に今一度忠言しようとすると、財津師範が手で制して、自分に任せよという表情を見せた。そこで善次郎は師範と芳之助の前から離れてふたりを観察した。

財津師範の説明を受けていた芳之助は、うんうんという風に頷いた。財津は最後に、

「よし、いいな。そなたの父が客分として門弟衆を教える青柳道場でなにがしたいか、大声で青柳先生に述べよ」

と芳之助に言った。

青柳道場に入門したいと願う若い衆に最初に応対するのが財津師範だ。緩急をつけた言葉で幼い芳之助にも教え諭した。

青柳七兵衛の前に連れていかれた芳之助が、

「せんせい、よしのすけです、けんじゅつをならいたいです」

と大声で願い、その様子を眺めておよその事情を察した青柳七兵衛が、

「おお、芳之助、見習門弟として入門をしたいのか。だが、道場は遊び場ではない、入門した以上容易くはやめられぬぞ。毎朝、父上といっしょに通ってこられるかな」

「くる、せんせい」

「来られる、だ。芳之助」

「こられるだ」

「だ、はいらぬ。よし、本日は、父上の指導や他の門弟衆の稽古を見ておれ、最後にそなたの入門を許すかどうかを芳之助に知らせる」

青柳七兵衛が告げた。

財津師範にとっても青柳道場主にしても四歳の入門希望者は初めてだった。ために様子をみると七兵衛が告げたのだ。

「せんせい、けいこをみるだけ。ぼくとうはつかえないの」

「芳之助、そなたは未だ入門を許されておらぬ。木刀を使って稽古するのは青柳先生に入門を許されたあとだ」

財津師範が芳之助に言った。

「いいな、そなたは父御をはじめ、多くの門弟衆がどのような稽古をしておるか、しっかりと見ておれ。剣術の基(もとい)はな、他の門弟衆の稽古を見ることだ。それがしの言うことが分かるか」

「わかるぞ」

「分かります、と申せ」

「わかります」

と芳之助が応えるのを聞いた善次郎は、

(いささか道場に連れてくるのが早かったかな)

と案じた。

そんな芳之助の態度を見ていた彦九郎が善次郎に歩み寄り、

「客分、案じなさいますな。芳之助さんはきっと剣術が好きになりますぞ」

と囁いた。

「そうかのう。長屋には町人衆、それも職人衆や力仕事の連中ばかりでな。芳之助の言葉も全く侍らしくならぬのだ。それで、深く考えもせず青柳道場に連れてまいった。青柳先生や財津師範ばかりか門弟衆にも迷惑をかけることになったわ」

「小此木様、われらが入門した折りをご存じございませぬな。江戸育ちで生意気ざかり、幾たび師範やら先輩門弟衆に叱られたことか。ついにはわれら専用の竹刀が用意されていましてな、その竹刀で尻っぺたを何度叩かれたことか。武家言葉などこの道場に通えば直ぐに覚えます」

と彦九郎が言い切った。

「さようか、それがし、そなたらの入門当初の様子は知らぬでな」

「ただ芳之助さんが厄介なのは父上が客分としておられることです。なにをなしてもなさずとも、芳之助さんは父上の、小此木様の反応を気にしましょうでな。それだと、親父様も芳之助さんも辛くはありませんか。われら、道場でどのようなことをなしても、身内には伝わりませんでな、そのぶん、楽でした」

「そうか、芳之助はそれがしの反応を常に窺（うかが）っておるか」

「はい、親子ですからね」

「どうすればよいと思うな」

「道場の門を潜ったら、他人になればよいのです」

「他人になれだと、できるかのう」

「小此木善次郎様は父親として芳之助さんの稽古を見てはなりませぬ。幼い門弟が入門するのです、われらのような、未だ見習門弟衆に任せるのです」

「そなたらが面倒をみてくれるか」

「われら、客分の嫡子（ちゃくし）などと考えて芳之助さんと付き合いませぬ。ひとりの幼い見習門弟として遇（ぐう）します。ゆえにときに例の竹刀で尻っぺたを叩くこともありましょう。その行いを父親として見てはなりませぬ。若い見習連中にはそれなりのやり方があるのです。お分かりですか」

「ううーん、考えもしなかったわ。そなたら、苦労したのだな」

「はい。ためにわれらのあとに見習門弟がおりません」

「おおー、たしかにそなたらが青柳道場で一番若いな。入ってこなかったのか」

「いえ、入門希望者はおりました。ですが、われらがわれらなりに後輩を扱い、筆頭師範がたはそれに一々文句は申されませんでした。ゆえにこの七、八年、入門希望者がいても、われらのやり方に慣れずに道場に通うのをやめていったのです」

「うーむ、彦九郎どの、苛めてやめさせたか」

「われら、苛めたわけではありません。青柳道場には一人前の門弟衆のための規範がございましょう。ですが、見習門弟にはご一統の判断とは異なるやり方があるのです。ご高弟衆の規範に照らして、我々の指導を筆頭師範らが止めたとしたら、甘っちょろい見習門弟ができたでしょうね。青柳道場の厳しい稽古の手を抜いて過ごす真似をする連中が生じます。小此木様に生意気を申しますが、青柳道場の先輩門弟にはひとりとして、さような中途半端な方はおられませぬ、違いますか」

「それは見習門弟時代に、見習門弟ならではのやり方を経験してきたからか」

「それがし、未だ青柳道場の見習ですが、数年後、小此木様方に厳しい指導を受けて一人前の青柳道場の門下生になってみせます」

安生彦九郎からかように自信に満ちた言葉を聞いたことはこれまでなかった。

それを彦九郎に言わせたのは、幼い芳之助を道場に連れてきたことがきっかけだった。

いや、彦九郎は幼い門弟を受け入れることに否(いな)やを言ってはいなかった。親と子の関わりを保ったままで青柳道場の、客分と見習になってはならぬ。芳之助をひとりの見習として突き放せと言っていた。

「彦九郎どの、よき忠言を授けられたわ。芳之助が本日の帰り際に、青柳道場に入門したいと願った折りには、彦九郎どの、そなたも芳之助をわが嫡子などと見てはならぬ、ただ、ひとりの見習として遇してくれ」

「承知しました」

と彦九郎が受けて、青柳道場の若手が稽古をする場所に戻りかけ、道場の床に胡坐を掻いて稽古を見物する芳之助の前に立ち止まり、

「先輩衆の稽古を見るに胡坐はならぬ。正座を致せ」

と忠告した。

「えっ、なんだ、それ」

「稽古を見るのにはふさわしき座り方がある。それがしの座り方を見よ」

彦九郎が芳之助の傍らに正座をしてみせた。

「できるか、このような座り方が」

「できます」

芳之助が彦九郎を真似て、正座をした。

「おお、それだ。そなた、なぜ正座をして稽古を見物せねばならぬか分かるか」

「うーん、わからん」

「それはな、先輩門弟衆の稽古はまかり間違って木刀が肩に当たれば、骨を折ろう。刀なら死んでおろう。それほど険しい稽古をそなたのように楽な座り方で見て、理解ができると思うか」

「あにさん、わからん」

「分からぬようなれば青柳道場の入門は許されぬぞ」

彦九郎の言葉に芳之助が思わず父親の姿を探した。

「芳之助、道場にいったん入ったならば、身内などおらぬ。そなたひとりの考えで動くしかない。それがしの言うこと、未だ分からぬか」

「わからんと、もんていにはなれないのか」

「なれんな」

「どうすればいいの」

「われらも未だあそこで打ち合っておられる正式の門弟衆ではない。われら青柳道場の半人前、見習門弟だ。われらのもとで見習稽古をするしかあるまい」

芳之助が長いこと思案したあと、

「あにさん、おこのぎよしのすけだ」

「見習に姓はいらぬ。そなたはただの芳之助だ。それでいいならば、われら見習組の新入りじゃ」

「たのむ、あにさん」

「それがしは彦九郎だ」

「ひこくろうあにさんか」

そんな問答を善次郎は見所の傍から呆然と眺めていた。

四

翌朝も芳之助は父親の善次郎といっしょに青柳道場に行った。

彦九郎ら道場の若手連の末弟として遇されたのが気に入ったようで、善次郎はしばらく若手連中に面倒を願い、父親は遠くから眺めることにした。

朝稽古が終わったあと、善次郎には越後屋の仕事が待ち受けていた。早めに芳之助を道場から古長屋に連れ帰ろうとすると、芳之助が、

「ちちうえ、ながやには帰らん。よしのすけはどうじょうでけいこする」

と言い出した。

「なに、父がおらんでも、ひとりで長屋に戻れるか」

と問うと親子の問答を聞いていた彦九郎が、

「小此木様、われらの稽古が終わったら、長屋まで連れていきます」

と引き受けてくれた。そこで善次郎は彦九郎らに芳之助を送ってもらうことにして越後屋に向かった。

越後屋では帳場格子の中に大番頭の孫太夫が控えて帳簿をつけていた。どうやら本日の取り立てには主の嘉兵衛自らが出向くものと思われた。

「おお、参られたか」

と孫太夫が善次郎の服装をちらりと眺めた。佳世が古着屋で求めた時節の羽織を着込んでいるのを見た孫太夫が頷き、

「小此木様、しばらくお持ちくだされ」

と言うと、若い手代(てだい)の参之助(さんのすけ)に善次郎の到来を告げに行かせた。どうやらその

動きから察して参之助も嘉兵衛と善次郎両人に同行するようだ。

帳場格子前の上がり框に腰を下ろした善次郎のところへ大番頭が寄ってきて腰を下ろした。

「小此木様、本日の訪い先は交代寄合の一家、それも代々譜代大名並、大名家が断絶した際にその名跡を継ぐ家でしてな、禄高は七千石、家格は表御礼衆です、在所は三河国となる松平家でしてな。うちの付き合いあるお武家の中でもなかなかの格式です。屋敷は愛宕下大名小路にございます」

と借財取り立ての相手方を善次郎にだけ聞こえる小声で告げた。

正直善次郎は、交代寄合がどのような格式か知らなかった。だが、大番頭が告げたことのほとんどが理解できなかった。いや、在所が徳川家康公の出た三河国で松平姓であることから推測して、まさに譜代大名並にして大名家の名跡を継ぐという相手は、善次郎の旧藩苗木の殿様とは比べものになるまいと察するしかなかった。さらに、

「松平家とは何代も前から貸し借りの間柄にございましてな、ただ今は八千数百両をお貸ししておりますが、このところ返済がございません。数年前までは利息程度の金子は頂戴しておりましたが、このところ借財が増えることはあっても減

ることはなしの有り様。主の嘉兵衛様と、このほどせめて千両ほどの取り立てがしたいと話し合いました」

と孫太夫が言い添えた。

（なんと八千両を超える借財か）

善次郎には信じられない額だった。手厳しい相手であることはたしかだった。

「大番頭どの、お訊きしてよろしいか」

「なんなりと」

「交代寄合の松平家の内所は厳しゅうござるか」

「在所の三河国はそれなりに実入りがございまして、交代寄合の役職でそれなりの収入もございます。ゆえにいつでも千両程度のお支払いはしていただけるはず」

「ではなぜ取り立てができませんな」

善次郎の問いに、

「ううーむ」

と間を置いた孫太夫が、

「当代の松平利忠様の次弟、継右衛門様が柳生新陰流の免許皆伝とか、屋敷内に道場をお持ちで家臣たちを厳しく指導されておられます」

「こちらでは松平継右衛門様に対抗する警固方を連れていかれたこともありますかな」

「三年前にそれなりの剣術家三人を連れていきましたが、道場に連れ込まれて『稽古』をさせられざるを得なかったことがございます」

「厳しい『稽古』でしたかな」

「ふたりは肩の骨を折られ、ひとりは右の太ももに大怪我をさせられました。うちでは三人の治療に多額の費えがかかりました」

「松平家から治療代は出ましたかな」

「互いが承知のうえの稽古ということで、一文の治療代も出ませんでした」

「なんと、さような松平家にそれがし一人が嘉兵衛様の警固方として同道しますか」

「小此木様はどなたか腕の立つお仲間をご承知ですかな」

「それがしにはさような仲間はおりませぬ」

と答えながら幽霊坂の青柳道場の門弟ならば松平家当主の次弟らと太刀打ちできるのではと気づいたが、いきなりかような話を持ち込めるわけもない。

「主の嘉兵衛様は、小此木様の才覚に任せたほうが大勢の警固方を同道するよりもよいと申しましてな」

と言った。

「才覚ですか」

と応じたがどのような才覚かさっぱり見当もつかなかった。ただ肩の骨を折られるような次第となるのは御免だと思った。

「小此木様、もし千両の取り立てがうまくいけば、五分の割り前五十両がそなた様の懐に入ります」

と孫太夫が言ったところに越後屋出入りの駕籠がふたつ店前に着いた。

ひとつは嘉兵衛用だろう。もうひとつは千両の取り立てが成功した折りに載せてくる駕籠か。そんなことを善次郎が考えていると、

「お待たせしましたな」

と嘉兵衛と手代の参之助のふたりが店に姿を見せた。

駕籠に乗りかけた嘉兵衛が二丁の駕籠かきたちに、

「私どもはしばらく話をしながら参りますで、駕籠は後ろから従いなされ」

と命じた。そこで嘉兵衛と善次郎のふたりが肩を並べて歩き、話が聞こえない

程度に離れたところに参之助が従い、さらにその背後に空駕籠二丁が続いた。

「大番頭さんからおよその話は聞かれましたな」

「さよう、お聞きしました」

善次郎の返答にうんうんと頷いた嘉兵衛がしばらく思案する体でゆっくりと歩いていたが、

「孫太夫も知らぬ事実がございます」

との言葉に善次郎は越後屋の九代目主を見た。

「このところ松平家の評判芳しからぬのです。そこで幾たびか借財の督促を致しますと、過日私めが屋敷に呼び出されて宣告されました。借財の一部を返済してもいいが、それには条件があるというのです」

「ほう、どのようなことですかな」

「松平家では、小此木善次郎様がうちと昵懇に付き合っていることを承知しており、次弟の松平継右衛門様とそなた様の立ち合い勝負で返済を決めたいと申されるのです」

「……」

いきなりの飛躍に善次郎はなにも答えられなかった。

「どう思われます」

「相手方に返金の用意はできておるのですか」

「差し当たって三千両を見せられました。立ち合い勝負に小此木様が勝てば借財の一部返済ぶんとして三千両がうちに渡り、そなた様が負けた折りには借財八千三百両の借用書は廃棄するというものです」

「なんとも相手方に都合のよい企てですな」

「ですが、私が受けざる折りは、しばらく屋敷に滞在せよと、つまりは私めの身柄を取るというのです。お店に戻るためにうんと言わざるを得ませんでした」

「なんと、なんと、嘉兵衛どの、どうなさるおつもりですかな」

「うちにとって八千三百両は大きゅうございます。向後の商いが立ちゆくかどうかを考えますと、借財を放棄することは決してできません」

「当然ですな」

「となると、うちの頼みは小此木様ご一人(いちにん)です」

「嘉兵衛どの、他に方策はありませんかな」

「ございません。小此木様にかような面倒をおかけする心算はありませんでしたが、相手方の強引な口車に乗せられてしまいました」

善次郎は無言で歩いていた。なんとも気が重い話だった。

「相手方に三千両があることはたしかでしょうかな。ご覧になったのは本物でしょうか」

「私ども以外の金貸しから先月、四千両を借りておることが調べで分かりました。四千両をひと月借りて、利息の一割二分とともに返金するとの借用書を相手方に渡しております。うちに見せるために借りた金、これが返せないとなったら大変でしょう。うちとの争いに勝つことしか考えておりません」

「嘉兵衛どの、どうなされるおつもりですな」

「私が頼れるのはもはや小此木善次郎様おひとりです」

嘉兵衛は同じ言葉を繰り返した。

「ううーん」

と善次郎は唸ったが、断れば二度と越後屋との付き合いはあるまい。一口長屋どころか仮住まいの古長屋からも即刻出ていかねばなるまい。

(もはや命をかけるしか道はない)

と思った。

「小此木様、そなた様がお勝ちになった折りには、ただ今普請中の一口長屋の持ち主は、小此木善次郎様となります。私、懐に一口長屋の沽券を携えております。ご覧になりますか」

嘉兵衛が善次郎を見た。

「それがし、一口長屋の住人でありたいと思うが、持ち主などになりとうござらぬ」

「のちにそれなりの金額で買い戻してもようございます。越後屋嘉兵衛の言い分、信頼してくだされ」

と嘉兵衛に嘆願された。

「もはや引き返せませんか」

「八千三百両、越後屋にとって大きな金子です」

善次郎の脳裏に一口長屋で暮らす佳世や芳之助の姿が浮かんだ。

(やるしかないか)

嘉兵衛が見つめる視線に頷き返した。

「助かりました」

「いえ、嘉兵衛どの、それがしが勝つ見込みは相手方より低い。相手はそれがしの力を承知とのこと、当然それがしの弱みを知っておるはずです」

と言い切った。

愛宕下大名小路の一角にある松平邸は、外観から六、七千坪の広さがあろうと想像された。両開きの長屋門もなかなかの普請でしっかりと手入れがされていた。このような手入れができるのなら先に借財を返すべきだと善次郎には思われた。

駕籠二丁は門外に待たされた。

敷地に入ったのは越後屋嘉兵衛と小此木善次郎、そして、手代の参之助の三人だった。母屋の玄関の式台前で留守居役(るすいやく)が応対し、

「主は道場にて槍術(そうじゅつ)の稽古の最中でな、越後屋とはそちらで会うと仰(おっしゃ)っておる」

と有無を言わせず道場に連れていかれた。

もはや越後屋嘉兵衛も小此木善次郎も抗うことは不可能だった。両人は道場の表で顔を見合わせ、無言のままに案内の留守居役に従った。手代の参之助は道場に入ることは許されなかった。

善次郎らは、とことん考えられた相手方の企てに乗るしかなかった。

道場では主の松平利忠と次弟にして剣術家の松平継右衛門が稽古をしていた。

「おお、越後屋、参ったか」

と本身の槍を使っていた松平利忠が言い、

「そのほうの従者が美濃の在所剣法陰流苗木なる剣術を修行した者か」

「松平の殿様、いかにもさようでございます」

「ならばわが弟と剣術の稽古を致せ。他のことはそのあとだ」

と言い放った。

「殿様、うちはこちらに多額の金子をお貸ししております。剣術で競い合った結果にて返済が左右されるなど、商いの習わしにはございません。どうか商いの段取りにて、返済を今すぐ致していただけませぬか」

覚悟を決めた嘉兵衛が最後の抵抗をなした。

「越後屋、今さらさような話は聞けぬぞ。そのほうが一度承知した取り決めを破るなどは許されぬ」

「あの折りは殿様方の強弁に頷かざるを得ませんでした」

と抗弁しかけた嘉兵衛を槍先で制し、

「越後屋、見所を見よ。そなたに約定した小判三千両より一千両も多い四千両が積んであるのが見えような。そなたが携えてきた証文をかけてのわが弟と在所剣法の小此木某との勝負、明朗なやり方で白黒をつける、さよう心得よ」

と命じた。

嘉兵衛がなにか言いかけて首を横に振り、傍らの善次郎を見た。

「越後屋どの、この者ども、最初から借財を返す気はないのです。町場のやくざ渡世のくずったれより悪辣非道の兄弟ですぞ」

「なに、なんと抜かしおった。わが家系が代々譜代大名並の交代寄合の家柄ということを知らぬのか」

と次弟の松平継右衛門が喚いた。

「承知じゃ、松平継右衛門とやら、かような手口で何軒もの金貸しから阿漕にも大金を騙し盗ったな。なにが直参旗本七千石か、公儀にもそのほうらを取り締まる大目付とやらがおろう。越後屋どの、かようなくず兄弟を相手にすることもない。この足で大目付屋敷に駆け込みましょうぞ」

と善次郎が嘉兵衛を見た。

「小此木様、そ、そなた様の言葉遣い、いくらなんでも恐れ多うございますぞ」

「いや、これでも言い足りませんな。公儀の身分を使い、盗人強盗の真似をしている輩ですぞ」

善次郎は松平兄弟を憤慨させる狙いで暴言を吐いていた。道場に一歩足を踏み入れた瞬間から戦わざるを得ない覚悟だった。だが、そのまま松平継右衛門と立ち合えば、善次郎のことを知る相手方が断然優位に立ち回れると思った。そこで相手の身分を逆手に取って罵り倒したのだ。

兄弟が善次郎の暴言に平静さを欠き、憤慨すればするほど両者の立場が逆転しないまでも、対等になると狙ってのことだ。

「越後屋嘉兵衛、そのほうの用心棒の暴言、われら兄弟を盗人強盗とは、許せぬ。継右衛門、こやつを叩き斬れ」

「おお、兄者、言われんでも在所剣法など一撃のもとに斬り捨てる。ご覧あれ」

「陰流苗木、いかにも在所剣法なり。ただし、美濃国では、そなたの柳生新陰流など児戯に等しき剣術よ」

「柳生新陰流の恐ろしさを知らぬか」

と叫んだ継右衛門は、腰に差していた一剣を抜き、正眼に構えた。

刀の切っ先が怒りに震えていた。

継右衛門の念頭に、善次郎の遣う剣術は陰流苗木だ、としかないことを祈った。祈りながら大胆に間合いを詰めた。

それを見た継右衛門も相手の踏み込みに合わせて正眼の構えを伸ばし、いきなり首筋を襲ってきた。そうしながらも相手が剣の柄にも手をかけていないことを訝しく思った。

次の瞬間、小此木善次郎の両手が動いた。

夢想流抜刀技が光になって継右衛門の腰に伸びていった。

(なにが起こっておるか)

さすがは柳生新陰流の免許持ちだ。咄嗟に、

(いつもと違う)

と思った。

不用意に踏み込んで、己の間合いを見切れないまま、相手の首筋に放った継右衛門の剣は届かなかった。善次郎の相模国鎌倉住長谷部國重の二尺三寸五分(約七十一センチ)の刃が腰高の松平継右衛門の脇腹から胸部にかけて冷たくも食い込んで、道場の床に叩きつけていた。

(嗚呼、なんてことだ)

松平利忠が呆然自失して、立ち竦んだ。

越後屋嘉兵衛もまた言葉を失っていた。

たった一撃で松平継右衛門が飛ばされて床に転がり、断末魔の叫びも漏らすことなく悶絶死していた。

「おのれ、許せぬ」

と松平利忠が手にしていた槍の穂先を、右手に國重を提げた小此木善次郎に向けた。

第四章　竹棒勝負

一

小此木善次郎は無言で松平利忠の穂先の前に立っていた。

弟を一撃で斃した相手に、兄は平静を欠いていた。

善次郎は沈黙のまま國重をゆっくりと鞘に納めた。

それを見た松平利忠が、槍を引いて突き出す構えを見せた。

「松平様、愚かな所業を及ぶでない。そなた、継右衛門どのの二の舞いを演じる心算か」

「お、おのれ、許せぬ」

「そなた、わが主、越後屋嘉兵衛との約定を素直に果たすことが譜代大名並の交代寄合のご身分に相応しゅうござろう。それがし、小此木善次郎とそなた様の弟松平継右衛門どのとの尋常勝負は終わり、約定はすでに成りました。あとは越後屋に借財の一部、さよう、あれにある四千両を返済するまででござる」

「下郎、あの立ち合いを尋常の勝負と抜かしたか。おのれ、弟に対して悪態を吐き、武士に非ざる口舌を弄して、平静を欠かせて弟を騙し討ちにしおったな」

「松平利忠様、剣術家同士の戦いでは、多言も無言もまた業前にござる。それがしのような美濃の苗木の在所者の剣法、いかなる手も使いまする。継右衛門どのがそれがしの下郎剣法に惑い平静を失ったのだとしたら、修行が足らざる未熟者であったということでござるよ」

嘉兵衛は最前からの善次郎の話柄が相手の心を揺り動かしていくのを感じ取っていた。善次郎は剣を持たずして、未だ松平利忠と戦っているのだ。

「な、なんたる口舌」

と応じた利忠の言葉に迷いがあった。

「松平の殿様、ようお聞きなされ。継右衛門どのと小此木善次郎の勝負、柳生新陰流と陰流苗木の尋常勝負でござった。ご実弟の死を兄御が穢してはなりませぬ」

「………」

「ここに致ってそなた様の務めは、越後屋嘉兵衛との約定を果たされることです。つまり、あれにある四千両を借財の一部として返済なさることです。それこそ交代寄合のご身分に相応しい行いかと存じます」

松平利忠の構えた槍から力が抜けていた。そしてついに、善次郎から槍を引いた。

「越後屋、持ち帰れ」

と告げた。

その言葉を耳にした嘉兵衛が、

「松平の殿様、あれなる四千両ありがたく頂戴してまいります」

と応じ、

「私どもは代々のお付き合いでございましたな」

と話柄を変えた。

両人が長いこと見つめ合った。

動いたのは嘉兵衛だった。懐から松平家がこれまで借用していた八千三百余両の証文を広げて利忠に見せると、びりびりと引き裂き、

「もはや松平家は越後屋に一文の借財もございません」

と言い放った。

「え、越後屋、なんと」

と利忠は言いかけて言葉を止めた。

「殿様、私ども両家の代々の付き合いがこの場で断絶することは先祖様に対して申し訳なし。本日ただ今より新たなる両家の付き合いが始まります。よろしゅうございますかな」

「おお、願おう」

怒りと哀しみを一瞬忘れた利忠が喜びを必死で隠して大声で応じた。

徳川の世が始まってすでに二百年を超え、武士が主導する時世はとうの昔に終わり、代わりに越後屋ら少数の大商人が台頭する世の中が到来していた。松平家にとって越後屋との関係断絶はなんとしても避けたいことだった。それを越後屋のほうから継続の提案があったのだ。

松平家の門前に待機していた駕籠二丁が屋敷の道場前まで入ることを許され、四千両の金子が駕籠に載せられた。越後屋嘉兵衛と小此木善次郎、それに手代の参之助が駕籠に従って神田明神門前の越後屋へと向かい始めた。

善次郎が嘉兵衛の傍らに寄り添い、しばらく両人は無言で歩を進めた。黙々と足を進めていた善次郎が、

「越後屋どの、それがし、越後屋の守護人の職分を弁えず余計なことをなしたのではござるまいか」

「ほう、どのようなことですかな」

「そなた様を、借用書を破棄せねばならぬところまで追い込み申した」

善次郎の言葉に、

ふっふっふふ

と笑いで答えた嘉兵衛が、

「商いの仕方にはいろいろございますな。本日、千両ほど松平家よりご返済あれば、万々歳と思うておりました。それが駕籠に四千両の小判が載っております」

「その代わり、そなた様は未だ四千三百余両も残っている証文を破棄せねばならなかったではありませんか」

「ただ今の松平家からこれ以上の金子を受領するのは無理かと思います。それよりほぼ半分の四千両を受領し、松平の殿様にいささかの貸しを作ったとしたら、そのほうが向後のことを考えれば得でございます。殿様が何度も申されたように

大名並の交代寄合の身分は、未だそれなりに使い道がございますでな」

と言い切った。そしてしばし沈黙を守っていた嘉兵衛が、

「松平家は密やかな弔いを催さねばなりませんな。四千三百余両は継右衛門様の香典代わりと言うては不遜でございましょうかな、小此木様」

と穏やかに話すのを聞いた善次郎は、

「それがし、他にやり方があったやもしれんな」

と悔いの言葉を吐いた。

「剣術家の思案と決断は商人とは違いましょう。松平継右衛門様との勝負で小此木善次郎様が敗北し、亡骸を駕籠に乗せてお店に帰ることも考えられましたぞ。違いますかな」

「いかにもさよう。継右衛門どのとの勝負、恥知らずのそれがしが偶さか生き残ったということだ」

「小此木様は恥知らずですか。おそらく体面を気になさる武家方、それも公儀の重臣は恥知らずには務まりますまい。ですが、陰流苗木の遣い手、小此木善次郎様であればなんのその、非情にして多彩なやり方をお知りですな。小此木様がこれまで生き残ってきた理由でしょうか」

と言い切った嘉兵衛が、

「さあて、ひとつ懸案が残りましたな」

「なんぞやり残したことがありましたかな」

「そなた様の本日の礼金ですよ」

と言った嘉兵衛が、

「かようにして松平家から四千両の返金がありました。その五分は二百両にございます。うちが小此木様にお預かりしておる金子に加えますか。それともお持ち帰りになりますかな」

と言い添えた。

「本日の礼金はなしにしてくれぬか」

と善次郎が即答した。

「なんと申されますな。それでは商い上の約定に反しますぞ。いやいや、非情にして多彩な手口を知る小此木善次郎様らしくございませんな。礼金をお断りなさるのは剣術家小此木善次郎様の先々の弱みにつながりましょうぞ」

「いや、こたびのことは特別でな、礼金をすべて断るとは申しておりません。美濃国苗木藩の下士であった剣術家の細やかな矜持とでも思うてくだされ」

善次郎は有能な剣術家松平継右衛門に死を齎した末に大金を稼ぐことにいささか不快を感じていたのだ。

「困りましたな」

「それがしはなにも困りませぬ」

「商人の私としては困ります」

と両人は、繰り返し言い合いながら神田明神門前の越後屋に戻ってきた。

「おや、旦那様、行きも帰りも空駕籠ですかな」

「空駕籠に見えますかな、大番頭さん」

「うむ、どなたか知り合いでも乗せてこられましたかな」

と応じた孫太夫に笑いかけ、嘉兵衛は、

「手代さん、駕籠の荷を下ろしなされ」

と同道していた手代の参之助に命じた。

「畏まりました」

と参之助は返事をして、

「駕籠かきの兄さん方、ご苦労様でした」

と礼を言い、簾(すだれ)を上げてまずひとつ目の千両箱を抱えた。

「手代さんよ、千両箱ふたつも客にしたのは初めてだ。おりゃ、強盗(ぶったくり)に千両箱を強奪(ごうだつ)されるんじゃねえかと、気が気じゃなかったな」

と駕籠かきの先棒(さきぼう)がほっとした顔を見せた。

「兄さんがた、ふたつ目の千両箱、店の中まで運んでくださいませぬか」

「なに、千両箱を運ぶのを手伝えってか。ううーん、相棒、どうしたものかね」

「駕籠かき風情が千両箱を抱えるなんて滅多にあるめえ、やってみるんだね」

と相棒に言われた先棒が、

「おおっ、重いな。こいつを抱えるのは最初で最後だな」

と言いながら千両箱を店の中に運び込んだ。

「だ、旦那様、まさかあちらのお屋敷から二千両もお返しがありましたか」

「いえ、もう一丁の駕籠にもふたつ載っておりますから四千両のお返しです」

「な、なんと、長年付き合いのある愛宕下大名小路の屋敷が四千両を返済されましたか。一体なにがあったのでございますかな」

「あとで仔細に話をお聞かせします。ともあれ、大番頭さん、四つの千両箱を検(あらた)めなされ」

「は、はい」

といつもは落ち着き払っているはずの孫太夫が上気した表情で奉公人に命じて、残りの二千両を帳場格子の前に運ばせた。

千両箱は、元来持ち運びもいいように幕府の金庫用として造られたもので、小判を五十両か百両ずつ伊予半紙に包んで封印した包金が入っていた。

「おや、享保小判ですか、文政のただ今から百年前の小判ですな。たしか享保は一枚四・七六匁（約十八グラム）、千枚の小判に千両箱の風袋が加わり、五貫目（約十八・八キロ）はあります、重いはずです」

と孫太夫が仕事柄の知識を披露した。

内蔵にいったん納められた享保小判を手代の参之助に手伝わせて調べた孫太夫が、奥座敷で落ち着いていた嘉兵衛と善次郎のもとへ姿を見せたのは、およそ半刻後のことだった。

「旦那様、ざっと調べて享保小判に間違いございません。千両箱ひとつにつき五十両が伊予半紙に包まれて二十個、千両が収まっておりました」

と報告した孫太夫が、

「ようも愛宕下大名小路が四千両もの大金を持っておられましたな。このところ松平様の評判は決してようございませぬでな。お返しがあったとしても五百両ほどか、もっと少ないだろうと考えておりました」

と言い出した。

「人ひとりの命が失われて得た四千両です」

「旦那様、人ひとりの命とはどういうことですかな」

「本日、松平家から返済あった四千両は、うちへの見せ金としてどこぞから一時借りてこられた金子でしょう。その四千両とうちが松平様にこれまでお貸ししてきた八千三百余両をかけて、剣術自慢の次弟松平継右衛門様と小此木様が真剣勝負をなさった結果、得られた金子です。この四千両がうちにあるのは、小此木様の勇気ある決断の賜物(たまもの)です」

孫太夫が善次郎を見た。

善次郎は、継右衛門の死を避けられなかったことに悔いがあった。ゆえに孫太夫には仔細を知らぬままでいてほしいと考えた。

「松平家の次弟の継右衛門様は、腕自慢で評判のお方ですな。これまでいくつかの同業の警固方があのお方と立ち合って負け、借財を反故(ほご)にさせられたはずです。その凄腕相手に小此木様がな。ま、待ってくだされ、旦那様は最前人の命が失われたと申されませんでしたかな」

「申しました」

「まさか」

「はい。松平継右衛門様はこの世にはおられません」

「えっ、小此木様が」

と問い質す孫太夫の表情が恐ろしげに変わって善次郎を見た。

「大番頭どの、それがしも後悔してござる。なにか他に手立てはなかったかとな」

「いや、あの場での立ち合い、先方様との談判、避けようもありませんでした。そうせざるを得ぬ次第にて、得られた四千両です」

と改めて前置きして愛宕下大名小路の松平邸の道場で行われた一切を嘉兵衛が告げた。

話が終わってもしばしだれもが沈黙したままだった。

「大番頭さん、松平様との付き合いはこれからも続きます。私どもも金銭をお貸しする折りはこれまで以上に吟味して、お貸しするのは致し方なき額に抑えましょう。むろん松平家に対してだけではございません」

嘉兵衛の言葉に頷いた孫太夫が、

「こたびの一件で、小此木善次郎様の名が読売などに載りませぬか」

「うちが話を外に漏らさないかぎり、松平邸から漏れることはありますまい」

ふーうっ
と大きな息を吐いた孫太夫が、

「小此木様、ご苦労でしたな」

とようやく善次郎の働きの正当さを認めて労い、嘉兵衛が、

「最前の話ですが、私めにお任せ願いませぬか」

と言い添えた。

善次郎が嘉兵衛を見た。

「それがしの考えは旦那どのにお伝え申した。考えを変えることはござらぬ」

「まさか、越後屋の守護人をお辞めになるということですかな」

と孫太夫が質した。

「いえ、それがしのいただく礼金のことでござる。受け取れぬと申し上げたのです。それがし、広い江戸でこの芋洗河岸から神田明神界隈しか存ぜぬ。一口長屋の住まいも、ただ今の古長屋もそれなりに気に入っておる。なんぞそれがしが手伝うことがあれば助勢するにやぶさかではござらぬ」

「その折り、当然の働き賃を受け取っていただかねば、私どもも頼みにくいのです」

と嘉兵衛が答えて、最前の問答が繰り返されそうになった。そこに、

「ああ、そうだ。迂闊にも忘れておりました。神田明神の権宮司那智羽左衛門様から小此木様に伝えてほしいと伝言がありました。明晩から神田明神の賽銭箱を見張ってほしいとのことです」

孫太夫が言った。

「明晩からですな、承知しました」

頷いた孫太夫が、

「旦那様、小此木様、礼金のことはまた改めて話しましょうか」

とふたりに言い、両人が頷いた。

善次郎は越後屋から竹籠に入れた猪肉の味噌漬けと、もみ殻に入った生卵と甘味などを頂戴した。

古長屋に戻ると佳世が、

「本日もかようにたくさんの食べ物を越後屋さんから頂戴されましたか。なんぞ

格別なお働きをなさいましたか」

「いや、格別になにがあったというわけではない。それより湯屋に参り、汗を流したい」

「ただ今からでしたら仕舞い湯に間に合いましょう。ささ、急ぎ参りなされ。夕餉の仕度をしておきますでな。酒も待っておりますよ」

との言葉に送り出されて神田明神下の湯屋に行った。

仕舞い湯近くの湯船には、仕事帰りの職人衆が何人か浸かっていた。かかり湯を使い、柘榴口を潜って湯船を見ると、最前いっしょだった駕籠かきの先棒が湯に浸かっていた。

「お侍さんも湯かえ、そうだよな、本日はいつも以上にさっぱりしたいよな」

と小此木善次郎が松平継右衛門と立ち合い、斃したことに遠回しに触れた。

「いかにもさよう。湯屋で気持ちまでさっぱりと洗い流せるといいがな」

「お侍さんの仕事は命がけだ。駕籠かきが言うのも変だが、気をつけなせえ」

「仕事が選べればいいがな。それがしにはそなたらのような仕事はできん」

「おお、お侍さんにはお侍さんの仕事があらあな」

駕籠かきたちは道場の立ち合いを見たわけではなかった。立ち合いが決したあと、四千両を駕籠に載せるために道場の表まで入ったのだ。その折り、なんとなく気配で血のにおいを、松平継右衛門との立ち合いを察したのだろう。

「お先に上がりますぜ」

と言い残した若い駕籠かきが湯船から上がった。

善次郎は首まで湯船に浸かり、目を瞑って時の流れに身を任せていた。

江戸へ出てきたのは間違いではなかった。

善次郎の剣術の業前と覚悟があれば、仕事には不じゆうしなかったし、稼ぎも悪くない。だがそのぶん、かような立ち合いのあとは決して気分がよくなかった。

(どうしたものか)

と今さら悩んでみてもどうしようもない。

(佳世と芳之助との暮らしのための仕事)

と割り切るしか手立てはあるまい。

「お侍さんよ、湯を落としますぜ」

と声をかけられて善次郎ははっと目を覚ました。湯船の中で居眠りしていたようだ。

「おお、すまぬ。気持ちよくてな、つい眠ってしまった」

と褌ひとつの釜炊きの男衆に詫びて早々に湯船から上がった。

二

古長屋に戻ると、狭い庭に佳世が出ていて、猪肉の味噌漬けを七輪で焼く香ばしいにおいが漂っていた。

「なんとも美味そうなにおいかな。われら、美濃の苗木を出て以来の猪肉ではないか」

「はい。江戸では獣の肉など食べぬようですから」

美濃では杣人が猪を捕まえて城下に売りに来る習わしがあった。ゆえにふたりは猪肉の味を承知していた。

「まず裏長屋の住人が猪肉など食すまいな。信吉がおれば呼んで食べさせてみたいものよ。されど秩父だかに仕事ではどうにもしようがないわ」

「おまえ様、古長屋に仮住まいしていてようございました。一口長屋では味噌漬けの猪肉を七輪で焼くなどできますまい」

「おお、あちらは神田明神の近くにあって長屋も洒落ておるからのう。このにおいは無理であろうな」

と夫婦で言い合い、善次郎が七輪ごと長屋に運んだ。

「湯に入ってさっぱりしたが、猪肉のにおいが体に沁みるかのう。道場の朝稽古でなんぞ言われそうな。とは申せ、われらが在所者とみな承知ゆえな、門弟衆には我慢してもらおうか」

善次郎は前日に越後屋から頂戴した酒を、猪肉をつまみに飲んだ。

「おお、苗木の長屋が思い出されるわ」

「芳之助、猪肉を食べますか」

「うまいか」

「おいしゅうございますか、と申しなされ。江戸の人は馴染みがないでしょうが、父上や私の在所の苗木ではときに食しました。精がつきますよ」

佳世が猪肉を細かく切って渡すと、最初はおずおずと口にしたが、

「ははうえ、うまいぞ」

と笑った。

「芳之助の体には私たちの体を通して、苗木の味覚が伝わっているのでしょうか」

「かもしれんな」

佳世が飯の上にまた猪肉を載せてやると、芳之助はもりもりと食し始めた。

「越後屋さんは代々この界隈にお住まいです。どなたから頂戴したのでしょうか」

「知り合いから頂戴したようだが、うちでは食せぬと申してくだされたわ。美濃の在所で食べることを承知であられたかのう」

と言いながら一杯の茶碗酒を飲み干すと、

「それがしもどんぶりめしに猪肉を載せて、芳之助のように食そうか」

「私も馳走になります」

と一家で猪肉を堪能した。

「明日の朝、湯屋で朝風呂に入ってにおいを消します」

美味しかったせいか、三人で猪肉をすべて食した。

「それがしは朝稽古のあと、湯屋に参ろうか」

「信吉さんに食べてもらいとうございましたね」

「おお、かような折りに長屋を留守にしおって、明日の夕刻には昌平橋際の船着場に戻ってこようがな、残念かな、信吉」

と夫婦で言い合い、いつもより丁寧に井戸端で歯の手入れをした。

翌朝、道場稽古を始めようとしたとき、やはり味噌漬けの猪肉のにおいが体に残っているようで、安生彦九郎が、

「うむ、小此木様の体からなんぞにおうぞ」

と言い出した。それを聞きつけた筆頭師範の財津惣右衛門が、

「おお、たしかに小此木どのの五体から微妙なにおいがするぞ。いつもと違って妙じゃな」

と応じた。

「やはりな、それがしの体からにおうか。夕べな、越後屋から頂戴した猪肉を食したのだ。江戸では食べぬようだな」

「なんと、小此木様は猪を食べられましたか。わが屋敷では食したことはないな」

「江戸で、とくに安生家のような公儀重臣の屋敷では猪肉はまず食べまい。美味しゅうござるかな」

と財津筆頭師範が善次郎に訊いた。

「なかなかの味にござる。それよりなにより精がつくでな、彦九郎どの、本日の

稽古は厳しいぞ」

と言った善次郎はふと言い忘れていたことに気づいた。

猪肉の味噌漬けをめしに載せてもりもり食った芳之助は夜中に腹が痛いと言って厠に何回か行き、そのせいで今朝の道場稽古は休むことになった。子どもには猪肉は精がつき過ぎたのであろうか。そのことを一座に告げると、

「えっ、芳之助どのはお腹を壊し、父親の小此木様には力がつきましたか。どちらにしても厄介だな、これ以上、客分に力を出されたらどうにもならん。それがし、今朝は小此木客分の指導、遠慮致します」

と彦九郎が応じた。

「いや、ならぬ。かような折りこそ彦九郎どの、存分に相手を願おうか」

「逃げ道はなしか。ならば猪肉がどれほど効くものか、立ち合いお願い申します」

と言い合った客分の善次郎と若手門弟の彦九郎との稽古が始まった。

善次郎は、いつものように彦九郎に攻めさせて自分は反撃することはなかった。

彦九郎は跳び回って攻めに攻めてきた。そんな一撃一撃を善次郎は外したり躱したりしながら相手をした。

「おや、意外と猪肉の力を感じませんな。それより汗のにおいがいつもと違うぞ。これが猪肉の汗か」

　と言う彦九郎に、善次郎が、

「彦九郎どの、それがし、攻めてよろしいか」

　と尋ねた。

「えっ、それがしの攻めに対し、客分は守りしか手立てはなかったのではありませぬか。よし、猪肉の攻め力、拝見」

　彦九郎が改めて竹刀を構えた途端、善次郎の竹刀が、こつん、と面を叩いたのが発端となり、彦九郎も反撃を見せたが、それは一瞬のことだった。攻め疲れていたこともあって、道場の板壁に押し込まれたあと、道場の真ん中に引き戻され、反撃を試みたものの、胴を叩かれて床に転がった。最後は床から立ち上がれず、

「ううん、腰が痛い。起きようとしても足が動かぬ」

　と泣き言を言った。

「どうだな、これでも猪肉の効き目を感じられぬか、彦九郎どの」

「いえ、十分に感じました。どなたか、それがしの代わりに客分と稽古してくださされ」

と彦九朗が悲鳴を上げた。

いつも以上に激しい善次郎の稽古に若手連中どころか、青柳道場の高弟たちも二の足を踏んで、彦九郎の願いに応えなかった。すると、

「よかろう。それがしが彦九郎に代わりて猪肉の力を体感しようか」

と筆頭師範の惣右衛門が善次郎に歩み寄ってきて、

「おお、なかなか汗のにおいがきつうござるな」

と漏らした。

「猪肉がかように汗になってにおうとは知らなかったわ」

「ここではだれも猪肉を食したことはござらぬか」

「ないだろうな」

と応じた惣右衛門が、

「おーい、門弟衆の中に猪肉を食したことのある者はおらぬか」

と道場を見回した。

「筆頭師範、それがし、猪肉を鍋仕立てにして食したことがござる」

「おお、越中どのは親藩川越松平家の家臣であったな」

「師範、いかにもさようです。川越藩十五万石にはあちらこちらに猟場がござ

いましてな、山深き村々では、猪を捕まえて食する習わしがございます。冬に鍋仕立てで食すると体が温まります。客分が猪肉を食して力になると申されるのはよう分かります」

「ほうほう、そんなものか」

と筆頭師範が頷いた。

幽霊坂の青柳道場にしては珍しく稽古を中断して、猪肉話に花が咲いた。

「ご一統、それがしが猪肉を食してきたばかりに稽古どころではなくなり申した。申し訳ござらぬ。どうか、門弟衆、稽古にお戻りくだされ。それがしも、できるだけ筆頭師範に迷惑をかけぬよう稽古を致しますでな」

と詫びた。

そんな様子を見所にいる元門弟の隠居衆が苦々しい顔で見ていたが、道場主の青柳七兵衛は運営を筆頭師範に任せて信頼していたから、一同の話に加わらずとも猪肉の話を頷きながら聞いていた。

善次郎と惣右衛門が稽古を始めようとしたとき、淡路坂下の御用聞き左之助が姿を見せて、道場内を見回した。

「どうした、左之助親分」

と筆頭師範の惣右衛門が声をかけた。すると左之助が視線を巡らせて、

「おお、小此木の旦那、そちらにおられましたか」

「親分どの、それがしになんぞ御用かな」

「うーむ」

と応じた左之助が道場中の門弟が注視しているのに気づき、一瞬戸惑いを見せたが、

「稽古の最中申し訳ねえが、わっしに同行してくれませぬか」

と小声で言った。

「それがし、親分に捕まえられる覚えはないがのう」

「そうじゃねえんで」

「なんぞ騒ぎが生じたかな」

また迷ったか沈黙したが、意を決したように、

「ぼろ長屋の住人のよ、信吉を小此木様は承知ですよね」

「われら一家、一口長屋の普請が終わるまで古長屋に住まいしておるで、住人の信吉どのはよう承知でござる」

「その信吉が身罷ったのでさあ。つい最前、石灰を積んだ荷船が竹屋(たけや)の渡しがあ

る中洲(なかす)、大川の右岸(うがん)で三人の骸を載せたまま、発見されたって、土地の御用聞きからうちに連絡(つなぎ)が入ったんですよ。若い手先が血相変えてうちに飛んできやがった」

善次郎は一瞬言葉に詰まり、

「三人とはどういうことだ」

と問い直していた。

「そのあたりは不分明だが、使いの様子だと信吉と仲間の船頭ふたりではないかな」

「な、なんと」

と漏らした善次郎に、

「信吉たちが殺された経緯に謂(いわ)れがありますかえ。荷船に積まれていたのは石灰となると、荷を奪い取るなんて話じゃねえな」

「親分、信吉どのらの骸は未だ船かな、それとも大番屋(おおばんや)に運ばれたかな」

「おりゃな、使いの若い衆におれたちがそちらに出向くまで荷船を動かさないでくんなと願ってある。荷船の船頭たちを三人も殺しやがったとなると、なんぞ曰くがなければならねえや」

「そなた、それがしが信吉どのと同じ長屋に住んでおるとよう承知していたな」

善次郎は、信吉らの身に起こったことを考えたくて、話柄を変えて間を稼いだ。

「おお、そのことかえ。ぼろ長屋の差配、義助さんと会ってよ、おめえさんのことを聞いたのよ。義助さんがよ、信吉が死んだとなると、まず小此木さんに会って話を聞くのが先だと言ってよ、今ごろは道場で稽古をしていると教えてくれたのよ」

「経緯は相分かった。それがしも信吉どのの骸を確かめたい」

と願った善次郎は、傍らで話を聞いていた筆頭師範の財津惣右衛門に、

「師範、お聞きのとおりだ。稽古はまたにしてくれぬか」

「それはいいが、小此木どの、新たな厄介ごとに巻き込まれたか」

「一口長屋を巡ってと思われるがそうも言い切れぬ、ともかく三人の様子を見てこよう。稽古を邪魔して申し訳ないと青柳七兵衛様にお伝えしてくれませぬか」

と善次郎は離れた場所からこちらの様子を窺っておる道場主に一礼すると、

「青柳先生にはそれがしから事情は告げておく。それにしても小此木善次郎どののもとには厄介ごとがよう舞い込むな」

と感心する惣右衛門に、

「諸々相すみませぬ」

との言葉を残すと控えの間に着替えに向かった。

石灰を積んだ荷船は、山谷堀が大川に流れ込むあたりの中洲に舳先を半分ほど葦の原に突っ込んで泊まっているという。

左之助親分は昌平橋際に手先ひとりを乗せた猪牙舟を待たせていた。

船頭は善次郎が初めて会う若い衆だった。神田川から大川に出た猪牙舟は一気に上流の山谷堀へと漕ぎ上がった。

大川の竹屋の渡しの傍には山谷堀が口を開き、土手八丁を行くと官許遊里吉原に下る衣紋坂の境に立つ見返り柳にぶつかる。むろん信吉たちとはこの際、吉原はなんの関わりもない。

猪牙舟に並ぶように座した左之助は善次郎に、

「小此木の旦那、信吉が殺された経緯をおめえさん、承知のようだな」

「信吉ら三人が殺された経緯かどうかは分からぬぞ」

と前置きした善次郎は、過日の夜中に一口長屋を信吉と訪ね、三人組の武家方に会った話を告げた。

「なに、深夜に一口長屋で、紋付羽織袴に覆面頭巾のお武家様に会ったって」

「おお、それがしが想像するに老中支配の大目付かのう。曰くをでっち上げれば人を何人殺しても罪咎に問われぬ輩と見た」

「小此木さんよ、公儀には表の役職と裏の役職があると聞いたことがあらあ。銀杏鶴の家紋の武家だが、公儀の『裏目付』って呼ばれる連中かね」

と左之助が善次郎の知らぬことを告げた。

「なに、公儀にさような裏役がおるのか」

「わっしも同心の旦那が思わず漏らした話で知っただけだ。信吉が小此木の旦那といっしょに対面した一件を差配の義助に喋ったことがばれて、こんな目に遭ったかねえ」

「推量するに、銀杏鶴の頭分はなかなかの剣術の遣い手だな」

善次郎は頭分が竹棒を投げたときの動きを思い返していた。

「小此木の旦那も太刀打ちできないか」

「できることとなれば立ち合うなど御免蒙りたいな」

と善次郎が告げたとき、信吉らの骸三体が乗る荷船の傍らに猪牙舟は到着していた。すでに町奉行所の同心が姿を見せていたが、左之助がまずその定町廻り

同心と思しき役人と話し、

「なに、あの者、幽霊坂の青柳道場の客分か」

ところを見て左之助になにか命じた。

荷船から同心や左之助の仲間の御用聞きが下りて、代わりに善次郎と左之助親分が乗り込んで、三体の骸を確かめた。

「信吉どの」

石灰の上に俯せになり、顔を不自然に曲げた骸が信吉だと直ぐに分かった。

「信吉に、間違いございませんよな」

「信吉どのじゃ」

と応じた善次郎は骸に合掌すると傍らに片膝をつき、死因を調べた。喉元を真横に深々と断ち切られていた。その瞬間、善次郎はこの傷を齎したのは三人組の頭分、左之助が裏目付と推量した武家であると確信した。

船頭の五郎平は、荷船の艫に横たわっていた。こちらも喉元を一気に撫で斬られていた。三人目の見習船頭光助は、逃げようとしたか、背中からひと突きにされて身罷っていた。光助だけが家紋が銀杏鶴の武家の手にかかったのではないと善次郎は推量した。

なんとなくあの夜、善次郎に抜きかかり、長谷部國重の柄頭で押さえ込まれた家来のひとりではないかと推量した。

「小此木の旦那よ、最前、わっしに話してくれた三人組の仕業と見ていいかね」

「剣術家の勘だが、まず間違いあるまい。この荷船、江戸を出て大川から荒川を遡っていったのが二日前、秩父に向かう折りから見張られていたのだろう」

「どうしてそう思われますな」

「それがしが信吉に聞いたところによると、本日の夕刻に江戸に戻る予定であった。だが、信吉は見張り船の存在に気づいたか、予定を早め、夜中に秩父を出て江戸に無事に戻り着いて安心した。その折りに襲われた気がしてな。むろんたしかなことではないがな」

左之助は、無言で思案していたがこくりと頷き、

「小此木さんの話、北町奉行所の同心の旦那に告げてようございますかえ」

「信吉の骸に誓って、三人組の存在はそれがしが見聞したことだ。なぜ信吉ら三人が殺されねばならなかったか、そなたらが真相を探索する番だ」

「旦那、裏目付となると町奉行所の同心の旦那も手が出せませんや」

と言い残し、御用船に待機する同心のもとへ行きかけた左之助親分が、

「このままで終わると思いますかえ」

「それがしが次に狙われると申すか」

「あるいは信吉となんの罪咎もねえ船頭ら三人を殺したことで、喋ってはならぬと小此木の旦那に警告したのかもしれませんや」

信吉ら三人の遺体の前で善次郎と左之助親分は眼を見合わせた。

三

荷船の船頭信吉が一口長屋の「謎」を承知していたとは到底小此木善次郎には思えなかった。謎があることはたしかだと思われたが、それがどんな謎だというのか、善次郎には全く想像もできなかった。そんな思いの中、荷船に乗った三人の亡骸は日本橋川(にほんばしがわ)右岸、茅場町(かやばちょう)にある大番屋へと運ばれていった。

善次郎は御用船に同乗して神田川が大川と合流する柳橋(やなぎばし)近くの岸辺で下ろされた。独りになった善次郎は、左之助親分から聞き初めて知った裏目付なる三人組のこれからの行動を考えた。

裏目付なる面々が信吉の口を塞いだことで善次郎や義助らに脅しをかけたこと

になり、事が済むのか、迷っていた。善次郎を裏目付が襲ってくるならば、信吉らの仇もあり、とことん抗う決意はあった。

裏目付はどのような手段も策も使うと考えられた。信吉のみならず同業ふたりを巻き添えにしたことからもそれは容易に推量された。となると、身内の佳世や芳之助を古長屋に暮らさせるのは危険ではないか。

(どうしたものか)

考えた末に、急ぎ古長屋に戻った。

「おまえ様、どうされました」

「佳世、そなたと芳之助ふたりが、日中住人のいないこの長屋に住むのはよくない」

「どういうことですか」

佳世は未だ信吉が殺されたことは承知していなかった。

「道々話す。まず数日ぶんの着替えを用意してそれがしに従え」

と願った。

「ちちうえ、どうじょうにいくか」

芳之助が両親の話を聞いていて問うた。

「いや、道場ではない」

と急ぎ佳世が風呂敷に包み込んだ着替えを善次郎が抱え、親子三人が向かった先は神田明神の門前に米問屋を構える越後屋だった。

「どうなされた」

と大番頭の孫太夫が問うた。

「孫太夫どの、信吉の奇禍を承知じゃな」

「おお、聞きましたぞ。なんでも船頭仲間のふたりといっしょに殺されたとか。ああ、そうか、古長屋にご新造どのと倅どのを残しておくのは危ないと感じられましたか」

「そういうことです」

と前置きすると、道々手短に佳世に告げたことを孫太夫にも話し、

「それがしがふたりといっしょに昼夜いられればよいがそうもいきませぬ。こちらで数日、厄介になれぬかと思いましてな。凝った造りの離れ屋などではのうて、どんな部屋でもけっこうです、こちらの奉公人が寝起きする部屋にいさせていただけませぬか。それともそれがしから嘉兵衛どのに願いましょうか」

「いや、この一件、うちの家作に住む信吉が殺されたのです。うっかり小此木様

の身内のことまで気が回らなかった。ただ今主は留守をしていますがな、むろんふたりをうちで預かりますぞ。奉公人が大勢ひとつ屋根の下に暮らすうちならば安心ですでな」

と快く応じてくれた。

越後屋に佳世と芳之助を預けたことで、善次郎は気持ちが楽になった。

「小此木様、これからどうなさるおつもりですか」

と孫太夫がこれからの善次郎の動きを気にした。

「それがし、独りになって思案しようと思う」

「おまえ様、裏目付なる妙な連中を古長屋で待ち受けるつもりではありますまいな」

「やつらの動きが知りたいのですがな。それよりなにより、今宵からそれがしには神田明神の賽銭箱を見張る仕事が始まるでな、長屋にはおられませぬ」

と言い残した善次郎は越後屋を出て、神田明神の社務所に権宮司の那智羽左衛門を訪ねた。

「おお、小此木さんか、なにやら新たな厄介に巻き込まれたようだな」

善次郎は越後屋の大番頭に説明した話を権宮司にも繰り返した。

「なんと、一口長屋を気にかけている連中は裏目付ですか」

「那智どの、裏目付なる公儀の役人を承知ですか」

「そんな話、聞かされたことがあります。しかし、真にさような公儀の役人がおるとは信じられぬ。それにしてもなぜ一口長屋に関心を持つのでしょうかな」

分からぬと首を横に振った善次郎は、

「権宮司、申し訳ござらぬが番所の部屋でひと休みさせていただけませぬか」

「おお、奥座敷には夜具はいくらでもあります。夜番の務めまで好きなように体を休ませてくだされ」

と許してくれた。

奥座敷に布団を敷いて潜り込んだ善次郎は一口長屋に纏わる謎のことを考えているうちに、いつの間にか眠り込んでいた。

どれほど時が経ったか。

「小此木様、夕餉の仕度ができました」

宮田修一に起こされた。修一は賽銭泥棒を見張る善次郎の助っ人をすることになっていた。

「なに、それがしは夕餉までこちらで世話になるか」

「小此木様のただ今の仕事は神田明神のためのものです。夕餉くらいは当然ですよ」

と修一に言われて社務所の御用部屋に戻ると、羽左衛門も膳の前に座していた。

善次郎は権宮司に身内がいるのかいないのか、住まいは神田明神の中なのか、別に住まいがあるのか、全く承知していなかった。

「権宮司どの、今晩からよろしく頼む」

「こちらこそよろしく願いますぞ。ともかく賽銭泥棒をひっ捕まえてくだされ」

とどこで調理されたか、野菜が入った味噌汁に鯖の煮付け、どんぶり飯の夕餉をみなで食した。

「われらが今宵神田明神の賽銭箱を見張ることは、この界隈の住人であってもそう大勢は知るまいな」

「いえね、それがどこから噂が流れ始めたか、もはや門前町界隈の住人は承知でしてな。賽銭箱を見張る小此木様と修一のふたりを見張るという暇人もおります」

神田明神では二番目に偉いという権宮司が平然と言い放った。

「なに、われらを見張る暇人がおるか」

「何人かは酒を持ち込んで飲みながら見張ると張り切っておりますな」

「賽銭泥棒を見張るわれらは酒どころではないな。だが、いいこともあるな」

「いいことってなんですね」

「それだけの暇人がおるならばさすがの賽銭泥棒も出てこられまい。泥棒が現れんでは賽銭が減ることはないな」

「まあ、そういうことになりますかな、まずはひと晩、しっかり見張ってくだされ」

という権宮司の言葉に送られて善次郎と修一は、神田明神社の賽銭箱を望む拝殿の陰にそれぞれ分かれて腰を下ろした。

善次郎は長谷部國重を腰から外して、傍らの柱に立てかけた。そして、裏目付三人組の頭分から取り戻した竹棒を手に持ち膝の前に立てた。

四半刻も経ったか。

神田明神の賽銭箱が望めるところや、善次郎の座す姿が見える場所に賑(にぎ)やかにも、「見張りを見張る」という暇人たち、三、四組、総勢十数人が現れて、それぞれの持ち場に座し、酒を飲み始めた。

「なんとも落ち着かぬ見張り仕事かな」

と呟いた善次郎だったが、静かだったのは半刻あったかどうか、酒の酔いが回ったか、だんだん賑やかになった。

(これでは賽銭泥棒も出るに出られまい)

と善次郎は思った。

修一が茶碗を手に善次郎の見張り場所にやってきた。

「どうしたな」

「見張り方の旦那衆のひとりから小此木の旦那に一杯酒を渡せと命じられました」

「なに、われら、賽銭泥棒の見張りじゃぞ。酒を飲めると思うてか」

「私も幾たびも断ったんですが、侍の旦那が夜風に震えているからって」

「持たされたか。暇人がたは見張りの見張りを楽しんでおられるか」

「はい、存分に。それでこれだけ騒げば賽銭泥棒は現れぬと高を括っておられます」

「修一、そなたに酒を持たせた暇人はどこのだれだ」

「はい、神田明神の氏子衆の頭分のひとり、町役人にして神具誂え親方の高砂屋善右衛門の旦那の組です」

「おお、高砂屋どのは神田明神社の神具をあれこれと設えてきた道具職人の七代目であったな。越後屋どののところで幾たびか顔を合わせたことがある」

「善右衛門様もそう申されておりましたな」

「お偉い旦那衆も賽銭泥棒に関心があるか」

「あの賽銭箱も高砂屋の先代だか、先々代が造ったものだそうです」

「なんとも心強い味方だ、高砂屋の親方に神酒、ありがたく頂戴すると申してくれぬか」

修一が、そう申し伝えますと言って姿を消した。むろん善次郎は飲む気はなかった。

半刻後、修一が新しい茶碗酒を持たされて善次郎のところに来てみると、大鼾を搔いて寝込んでいた。

「あれ、茶碗酒一杯で眠り込んでいるぞ。しょうがないな、小此木の旦那はしばらく寝かせておくか。その間、暇人の見張り組に頑張ってもらうかね」

と修一が言い、手にした新たな茶碗酒を舐めてみた。

「おお、苦いな。これが美味しいのかね」

とひと口飲んで自分の持ち場に戻った。

さすが暇人の見張り組も一刻（二時間）ほど酒を飲んで酔ったか、ごろりごろりと眠り込んでしまった。

九つの時鐘がどこからともなく響いてきて、柱に頭をもたせかけて眠り込んだふりをしていた小此木善次郎は、天井から二本の太い麻縄が下りてくるのを見ていた。

（なんと、見張りひと晩目、早々に賽銭泥棒が出おったか）

常夜灯の薄い灯りのもと、人影がふたり、二本の麻縄を賽銭箱の左右の金具にかけると、するすると賽銭箱が拝殿の高い天井へと上っていった。どうやら拝殿の天井裏に滑車が設けられてのことだろう。

（さてどうしたものか）

と思っていると、なんと天井裏に姿を消した賽銭箱がするすると下りてきて、元の場所にぴたりと収まった。むろんふたりの麻縄を外す助っ人が手伝ってのことだ。

（どういうことか）

こんどは麻縄二本だけが天井裏に戻り、ふたりの助っ人も賽銭箱の前から姿を消そうとした。

善次郎が竹棒を手に立ち上がったのは、その瞬間だ。

「お待ちなされ、高砂屋七代目善右衛門の旦那どの。もう一人は八代目に早晩就かれる若旦那どのかな」

拝殿の階（きざはし）の途中でぎくりと動きを止めたふたりが振り返った。

「まさかまさかの仕掛けでございますな」

「なんと、眠り薬入りの酒を口にはしなかったか」

と善右衛門の声が応じた。

善次郎が賽銭箱の上に下げられた鈴緒（すずお）を竹棒で右から左、左から右と叩くと、鈴がじゃらじゃらと鳴り、大きな音が深夜の神田明神に響き渡った。

見張り連中の何人かが鈴の音に目を覚ました。

「ど、どうした」

「賽銭泥棒を捕まえたところですよ」

「そ、その声は小此木の旦那か」

「いかにもさよう。差配の義助どのも奇特（きとく）にもわれら見張りを見張る組に加わっておられたか」

「おう、幾たびも賽銭泥棒に遭うのは悔しいじゃないか。それにさ、見張り方は小此木の旦那というからさ、おまえ様には正体を隠して加わっていたのよ」

「それはそれは」

と言った善次郎がさらに鈴緒を左右から叩き分けると最前よりも大きな音が神田明神に響き渡った。

「おい、小此木の旦那、賽銭泥棒を捕まえたと言わなかったか」

「いかにも言うたな。賽銭箱の前に立ち竦んでおられる神具誂え高砂屋の七代目善右衛門どのにどうして賽銭箱の中の賽銭が消えたかのからくりをお訊きなされ」

と善次郎が言い放ちながらも、鈴緒を竹棒で叩き続けた。

深夜、神田明神門前の住人たちが提灯を手に起きてきて、拝殿前の賽銭箱を挟んで立つ善次郎と白衣姿の高砂屋親子の姿を浮かばせた。

「まさか賽銭泥棒は、高砂屋の親方などと言うまいな、小此木様」

と詰問したのは米問屋の越後屋嘉兵衛だった。

善次郎が竹棒で叩くのを止めた。すると鈴の音が止んで神田明神の境内に静寂が訪れた。

善右衛門が越後屋嘉兵衛を見て、ぺこりと頭を下げた。しばらく迷う風情を見

せていたが、意を決したように懐に右手を突っ込むとするりと刃物を出した。神具を造る鑿の一種か、鋭い刃先を、

「ええいっ」

と叫ぶと喉元に深々と刺し通した。

「嗚呼、親父」

と八代目になるべき高砂屋真太郎から悲鳴が上がった。

ゆらりゆらりと揺れながら善右衛門の白衣が真っ赤に染まり、階から参道へと転がり落ちて、ぴくぴくと体が震えていたが不意に動かなくなった。

その場の全員が沈黙して惨劇を見ていた。

「親父」

と呟いた真太郎が父親の体にのしかかり、手の鑿を掴み取ろうとした。

善次郎の手の竹棒が振るわれて、掴もうとした鑿を参道の向こうに飛ばした。

「真太郎というたか。親父どのの真似をしても罪咎は消えはせぬ。この場に集まる氏子衆や役人方にすべてを申し上げるのだ」

と善次郎の声が響き渡った。

神田明神拝殿の天井裏からか細い女の泣き声が聞こえてきた。

高砂屋の七代目の善右衛門の骸の他に、倅の真太郎、そして、天井裏で滑車を操っていた真太郎の姉の美和(みわ)とその婿(むこ)の高砂屋番頭の喜多之助(きたのすけ)夫婦の三人が御用聞きの左之助親分の手で茅場町の大番屋に連れていかれた。一方、神田明神の本殿に深夜の騒ぎに起こされた門前町の氏子衆が集まり、善次郎から顚末を聞くことになった。

善次郎は知り得るかぎりの見聞を告げたあと、

「それがしには理解ができぬことがござる。町人がいかにして、それなりの遣い手である寺社方の同心佐貫壱兵衛どのを池之端で殺せたのか」

と述べた。すると差配の義助が、

「真太郎はね、八丁堀の道場で何年も修行しており、殺された同心とは知り合いのはずですよ。おそらく酒に酔っていた同心は待ち受けていた真太郎をなんの警戒もせずに近づけたのではありませんか。真太郎は油断した相手の一瞬の隙を狙ったのではありませんかえ」

「わっしはよ、なぜ老舗の高砂屋様方がかような賽銭泥棒などに手を染めたかということが分からねえや」

と神田明神に出入りしているらしき職人風の男が漏らして首を捻った。すると、越後屋嘉兵衛が、

「この数年前から高砂屋さんの仕事が減っておったのはたしかですよ。仕事が減ったのは神具の出来が昔に比べて悪くなったからです。神田明神社の氏子衆の間でも幾たびかこの話は出ましたな」

「さようさよう」

と差配の義助が答えた。

「ということは高砂屋では金子に困って賽銭泥棒を繰り返したのかな」

善次郎がだれとはなしに質した。

「おそらくそうだと思います」

と答えたのは越後屋嘉兵衛だった。

首肯した善次郎が、

「賽銭泥棒の手口、四半刻もせぬうち、まさに一瞬のうちに盗まれるという事実にな、それがし、神田明神の拝殿の建物をとくと承知なだれかの仕業ではなかろうかと思案しました。最初、宮大工の棟梁宮部甚五郎どのとお身内を疑いました。されど、宮部棟梁は江戸でも一、二を争うほどの宮大工、神田明神の賽銭箱に掛

かり切りになっておられぬほど忙しいということが分かり申した」

「そうだ、小此木様がうちに来て、宮大工の棟梁はどなたかと訊いたことがございましたな。あのあと、宮部棟梁一門も調べなさったか」

と嘉兵衛が受けた。

「いかにもさよう。だが、最前申したように宮部棟梁と一統は神田明神だけに関わっているのではないことが判明致した。それで、二度めの賽銭泥棒が犯行に及んだ折りの見張り方以外に、境内にだれがいたか、調べますとな、神具誂え親方の高砂屋七代目善右衛門と身内で固められた一門が番所で泊まり番をしていたのが分かったのだ。眠りを誘う香や眠り薬入りの茶を使い、見張りの衆を操り目をそらさせた」

「高砂屋は代々賽銭箱も造ってきましたな。同じような賽銭箱を天井裏に隠しておいて、見張り衆がわずかに油断した隙に、ただ今の賽銭箱を天井裏に吊り上げて、小銭だけが入った賽銭箱を吊り下ろし、ふたつの賽銭箱を交換するなどの方途を考えられるのは、高砂屋しか考えられませんな」

とどこか感嘆したように権宮司の那智羽左衛門が言い切った。

「それにしてもなぜ賽銭泥棒に走ったか、きっかけがあったはず」

義助が言って善次郎を見た。

「そなたらはおよそ察していたのではないかな。剣術好きの倅真太郎は、博奕狂いでしてな。真太郎のふたつの道楽、剣術と博奕のせいで商いが立ち行かなくなったのだ」

一同が善次郎の言葉にがくがくと頷いた。

しばし一同が沈黙した。

「さあて、これまで二度の賽銭箱交換で、高砂屋一門にいくら賽銭が盗まれましたかな」

と差配の義助が自問し、

「正月の賽銭箱には、小判、一分金、二朱銀など三百両以上入っていて不思議ではありませんな。二回の賽銭泥棒で得た金子は七百数十両でしょうか。仕事をがんがんと熟していたころの高砂屋ならば、この程度の金子に目をつけるはずはない。博奕は怖いな」

と義助が自答した。

「博奕も遊びのうちはいい。だが、本気になるとかような結果になりますな」

「いかにもさよう。一家三人、そろって徒罪でしょうか、いや、倅の真太郎さんは死罪だろな。残りの夫婦ふたりは島流しか」

と羽左衛門が言い、

「なんとも言いようがないな」

とだれかが呟き、場を重苦しい雰囲気が支配した。

四

一口長屋の大普請はほぼ終わりを迎えていた。

小此木善次郎は、その日、朝稽古のあと、一口長屋を訪ねた。すると一口長屋の大家である米問屋の越後屋嘉兵衛と差配の義助らが小此木善次郎の長屋を、いや、いまや長屋とは呼べぬほど立派な二階建ての建物を見ていた。

嘉兵衛が言っていたように、二階はまさに城の天守閣を模したような普請となっていて、回廊となった見晴らし台があり、内部には床の間付きの八畳ひと間があった。

賽銭泥棒の高砂屋一門が捕まってふた月が経っていた。

もはやこの不快な話柄を持ち出す神田明神門前町の住人はだれひとりとしてい

なかった。だれもが一日でも早く忘れたい話柄だった。

「おお、朝稽古は終わりましたかえ」

嘉兵衛が善次郎に問うた。

「本日の朝稽古をいつもより早めに終わらせましてな、こちらの普請具合を見に参りました。もはや普請は完成しておりませぬか」

「いえね、この一口城、外部から見ると完成しているように思えますがな、城の内側にあれこれと最後の普請が残っておりますし、襖などの建具は未だ入っておりませんのさ」

と義助が答えた。

「小此木様、私どもで一口城の天守閣に上がるところでした。いっしょに見物しましょうかな」

と大家の嘉兵衛は誘った。

「ぜひいっしょさせてくだされ」

と善次郎が願い、三人は一階の広々とした土間に入った。土間の一角には竈が三つ並んだ勝手があり、その奥には厠に通じる板戸があった。

「なんと、雨に濡れずとも厠が使えますか」

善次郎の声には喜びがあった。

土間に接した板の間の奥にふたつ畳の間が並び、ここが小此木一家の普段住まいの場となる座敷だった。なんとも広々して気持ちがよかった。

「おお、なんとも広うござるな。たしかにこれは一口城でござるよ。この界隈の住人の集いができますな」

と善次郎は感心してあちらこちらを触りながら眺め回した。

一階の板の間には幅二尺数寸（約七十～八十センチ）はありそうな手すり付きの立派な階があった。

「小此木の旦那一家の暮らしは一階で十分だな」

「われら、江戸に出てまいり、九尺二間の長屋で満足であったでな、眼が回るほどの広さじゃぞ」

一階の奥の六畳間には夜具などを入れる押し入れや天袋（てんぶくろ）もあった。

「われら一家三人が過ごすには贅沢過ぎるな」

と善次郎が義助に話しかけた。

「ああ、うちもな、こたびの大普請で手を入れてもらった。だが、さすがに一口城の城主の部屋には比べようもない」

「おお、佳世に見せたら涙を流して喜ぶであろう」

と言い切った善次郎に大家の嘉兵衛が先に立ち、

「さあて、一口城の天守閣に上がりましょうかな」

と階を上った。

「ほうほう、こちらが一口城天守閣の見晴らし台でござるか」

元々一口長屋の敷地から池之端や上野（うえの）の森が望めたが、さらに高い天守閣からの景色は、これまでとは一段と風情が違って見えた。

「どうですな、一口城の城主様」

と嘉兵衛が善次郎に冗談口調で質した。

「越後屋の主どの、冗談ではのうて一口城の持ち主になった気分ですぞ。かようにも二階に天守閣がある暮らしなど想像もつきませんでした」

「小此木様は、神田明神とうちの守護人です。せいぜいこの景色を毎日楽しんで気を養ってくだされ」

「嘉兵衛様、義助どの、それがし、美濃国苗木から江戸に出てきてこれほど感激したことはござらぬ。そなた方おふたりにどう礼を申してよいか」

と頭を下げた。

「小此木様、この一口長屋と敷地には、昔から謎めいた話がございますがな、その謎がなにか未だ判明しません。ですがな、ひょっとしたらこの長屋に住まいする者たちを楽しく暮らさせる場であることが、謎なのではありませんかな」

「ほう、一口長屋の謎は住人を楽しませることにありますか。いやさ、江戸総鎮守の神田明神のお力のおかげでござろうか」

と善次郎が言い切り、三人して天守閣から江戸の景色をいつまでも見ていた。

「小此木様、未だ迷っておられますか」

「なんの話でござろうか」

「いえ、越後屋の裏稼業、金貸しにて滞(とどこお)っている借財の取り立てに、小此木様には幾たびか助勢していただき、ひと月前には思いがけず四千両の借財を取り立てることができましたな。その折り、一口長屋の一住人から持ち主、つまり大家になられませんかとお願い申しましたな」

「嘉兵衛様、さような話がございましたかな。人には分というものがありましょう。それがし、小此木善次郎の分は、この一口長屋の一住人でございますよ。大家など滅相もございません。差配の義助どののもとで住人の暮らしを楽しみとうございます」

「小此木の旦那よ、おまえさんは一口長屋の城主様に最前就いたばかりだよな、江戸をかくも眼下に見下ろす城主が大家であってもなんの不思議もないぞ」

と義助が笑みを浮かべて言い募った。

差配の義助は、善次郎の気性を嘉兵衛以上に承知していた。越後屋九代目の嘉兵衛がどのように説得しても善次郎が一口長屋の大家などを引き受けぬことを察していた。

「義助どの、一口長屋の城主の俸給はこの景色で十分におつりがくるわ。長屋の持ち主、大家を引き受けてあれこれ心遣いするのは御免蒙りたい。そなたから嘉兵衛様に、そう願ってくれぬか」

善次郎の返答ににやりと笑った義助が、

「嘉兵衛様よ、そなた様の厚意と心遣いは、小此木の旦那はとくと承知したうえで固辞されていまさあ。まあ、これまでどおり、一口長屋の大家は越後屋の九代目嘉兵衛様、長屋の差配はわっしでさ、なんぞ長屋をはじめ、この界隈に事が起こった折りに、守護人の小此木の旦那が出張って鎮めるという役割で願えませんかねえ」

と義助が嘉兵衛に願った。

「ううーん」

と唸った嘉兵衛が、

「小此木様、ダメですかね」

「こればかりはお断りしたい」

「最前、差配が披露した考えのひとつ、一口長屋をはじめ、この界隈で騒ぎが起こった折りは、小此木様が出張って鎮めるという役目は受けていただけますね」

「越後屋どの、それがしの力で鎮められる騒ぎならば、むろん全力で尽くしとうござる」

しばし沈思した嘉兵衛が、

「うちの裏稼業の手伝いも続けて引き受けていただけますな」

とさらに質した。

「むろんです。そちらのほうがそれがしの気性に合うております」

「相分かりました。うちの大番頭の孫太夫にもこの旨、とくと説明しておきます。長屋のことは差配の義助さんから、うちの裏稼業に関しては、私か大番頭の孫太夫よりなんなりと相談させていただきます」

「承知致しました」

との善次郎の言葉を聞いた嘉兵衛が一口城の天守閣から江戸を改めて眺め、

「小此木様、なんともよい眺望ですな。それでもやはりご自分のものにはしとうございませんか」

と繰り返し、

「越後屋の旦那どの、この景色、長屋の大家であろうと店子であろうと等しく楽しめますな。それがしには景色のみで十分です」

とはっきりと断った。

だが、善次郎にはひとつ大きな懸念が残っていた。むろん信吉らを殺した裏目付の存在だ。かれらが一口長屋を探っていたことを知る小此木善次郎のことをいつまでも放置するとは思えなかった。同時に善次郎にも信吉らの仇を討つ気持ちが密かにあった。

どちらが勝つか、いや、生き残るか。ふたつにひとつしかない。

しかし、裏目付と呼ばれる銀杏鶴の家紋の武家の名すら善次郎は知らなかった。

そのとき、大工の棟梁から義助が呼ばれて一口城の天守閣から姿を消し、嘉兵衛と善次郎の両人だけが残された。

しばし無言で景色を見ていた嘉兵衛が、

「小此木様、相変わらず裏目付のことを気にしておられますかな」

と不意に質した。

「われらを放っておいてくれるとよいのだが」

「かれらは小此木様をこのままにしておくつもりはございません」

と嘉兵衛は言い切った。越後屋のあらゆる手蔓を使って探索した結果だった。

ふたりは黙り込んでいつまでも眼前の景色に見入っていた。


小此木善次郎はふだんの暮らしをなんとしても取り戻そうと、毎朝、幽霊坂の青柳道場に出かけた。客分として若い門弟安生彦九郎らを指導し、自らも幼いころから修行してきた陰流苗木と夢想流抜刀技の稽古を道場の片隅で行った。また、一時体調を崩していた芳之助もすっかり治り、父の善次郎と一緒に道場に通っていた。

季節が移ろい、朝の陽光が神田川の流れに金色に映るのが見られた。

この日も、いまや自分の道具になった節だらけの竹棒を黙々と振るっていると、不意に青柳道場の雰囲気が変わったようで善次郎は道場の入り口を見た。すると戸口に三人の武家方が立ち、善次郎を見ていた。

なんと銀杏鶴の家紋の武家らだった。相変わらず覆面頭巾に顔を隠していた。公儀の陰の部分を取り仕切るという裏目付がなんと神道流の青柳七兵衛道場に乗り込んできたのだ。

「よほど竹棒が気に入ったか」

一時、竹棒を所持していた頭分が言い放った。

「それがしの在所剣法には似合いと思われませんか」

と応じた善次郎がさらに、

「そなた様は裏目付なる妙なご身分ですな。まず姓名を名乗られよ。そのうえで用件を伺いましょうか」

と応じた。

善次郎が口にした「裏目付」の三文字に道場じゅうの門弟衆が稽古を止めた。難儀な面々が道場を訪れたという雰囲気だ。善次郎の近くで若い門弟衆を指導していた青柳道場の頭格、筆頭師範の財津惣右衛門が善次郎を見た。

「筆頭師範、道場に迷惑をかけることになりましたな」

と言った善次郎が視線を移して銀杏鶴の武家に視線を戻した。

「重ねてお尋ね申す。姓名を教えてくだされ」

善次郎の問いに間を置いた相手が、

「老中直支配、丹下左衛門丞武雄」

「ということは『裏目付』なる御役目は公儀にはございませんので」

「世間が呼ぶのであってわれらはあずかり知らぬ」

「さようでござるか。で、御用を伺いましょうか」

「そのほうをわが屋敷まで同道し尋問致す。さよう心得よ」

「断ることができましょうかな。この青柳道場には公儀のお歴々が数多門弟としておられます。そのような場で無理無体をされますかな」

「縄目にしても連行致す。抗うと申すか」

「いかにもさよう」

との善次郎の返答を聞いた丹下が、

「道場主はどこにおるや」

と見所付近に視線をやった。

「それがしが神道流道場の主、青柳七兵衛にござる」

「われらの命を聞いたな」

「わが客分小此木善次郎にどのような罪咎がありますかな」

「青柳と申したか。罪咎をうんぬんするのはわれらである。そのほうらが口出しすることは叶わぬ」

「他人の道場に断りもなく参り、その言葉はございますまい。どうですな、裏目付丹下どの、わが客分に遺恨(いこん)があらばこの場をお貸しします。両人して尋常に立ち合いなされ」

「そのほう、老中直支配丹下左衛門丞の命に抗うや」

「武術家として尋常に立ち合うことを拒まれますかな」

「ほう、そのほうもわが老中直支配のそれがしに盾つきおるか。よかろう、尋常の勝負を受けた」

と丹下が善次郎を見た。

「青柳七兵衛様、道場をお借りします」

と断った善次郎に安生彦九郎が近寄り、

「長谷部國重、お持ちしますか」

「いや、それがし、この節だらけの竹棒が甚(いた)く気に入りましてな。竹棒にて立ち合いましょう」

「おのれ、陰流苗木、在所剣法と聞いたが似合いよのう。じゃがわしは」

「丹下どのはお好きな得物をお選びなされ」

「剣術家を標榜（ひょうぼう）する者の勝負は真剣で戦われるべきである。よいか、それでも竹棒で立ち合うと申すか」

「いかにもさよう」

両人の問答を聞いた門弟衆が下がって壁側に控えた。

がらんとした道場に竹棒を携えた小此木善次郎が正座をして、青柳道場の神棚に向かって一礼した。

そこへ覆面頭巾と羽織を脱いで付き添いの者が差し出した紐でたすき掛けにした丹下左衛門丞が善次郎の前に立った。

初めて丹下左衛門丞の顔を見た善次郎は、左眼上から鼻、右頰へとのびる深い刀傷を見た。おそらく真剣勝負で受けた傷であろう。

「初めての真剣勝負から十三年が経ち、六度の勝負の相手は悉（ことごと）く身罷った。そのほうが七人目」

と言い切った。

「相手仕る」

正座を解いた善次郎が立ち上がったのを認めた丹下左衛門丞は、黒漆塗の鞘から剛直な逸剣を抜き放ち正眼に構えた。

堂々たる構えだった。

丹下左衛門丞の五体からこれまで戦って敗れた六人の怨念が見えた。

善次郎は節だらけの竹棒を左手に提げて向き合った。

にたりと嗤った左衛門丞の顔が引き攣った。

そのとき、左衛門丞の左眼が不じゆうではないかと思った。が、真実は知れなかった。

善次郎は竹棒を左手で腰に当て、右手をだらりと下げた。

「節だらけの竹棒では夢想流抜刀技は使えまい」

と言い放った左衛門丞が正眼の構えの剣をゆっくりと上段に上げていく。それを見ながら善次郎は道場の床を右足の親指、人差し指、中指の爪先で捉え、立った。

それを見た丹下が飛び込んでくると察したか、動きを止めた。

が、善次郎は動かない。

両人の間合いは一間（約一・八メートル）もない。

ふうっ、と息を吐いた丹下が不動の善次郎に向かって踏み込み、上段の剣を善次郎の脳天に落とした。

青柳道場の筆頭師範の財津惣右衛門は、小此木善次郎から先手を取ることはないと察していた。

後の先。

それが善次郎の得意だった。それにしても、

（遅い）

と思った。

圧倒的な踏み込みと上段からの刃が善次郎の脳天を捉まえた、と思えた瞬間、竹棒が善次郎の腰から翻った。突っ込んでくる左衛門丞の鳩尾を鋭く突いて、

「うっ」

と呻いた相手の五体が後方に飛んで床に転がり、悶絶していた。

やはり後の先が、勝負を決する技になった。手加減なしの突きだった。丹下左衛門丞が剣術家として活きる道はもはやあるまいと善次郎は確信した。

第五章　一口城完成

一

一口長屋の大普請が成った。文月（ふみづき）から葉月（はづき）へと月が変わったころ合いだ。細長い敷地に堂々とした「一口城」が建った。

小此木善次郎一家は古長屋から一口長屋に戻った。二階建ての長屋を見た芳之助は、

「ちちうえ、ここがうちのながやか」

と質した。

一方、母親の佳世は呆然と長屋を見つめて言葉を失っていた。

「佳世、芳之助、まず二階の見晴らしのよい天守閣に上がってみよ。それから、

感想を聞こうか」

と善次郎がふたりを二階に案内した。

天守閣に立って、池之端から上野の山を見た芳之助は黙り込んだ。

「うむ、ご両人、この長屋のどこが気に入らぬか」

との問いに最前から沈黙したままの佳世が、

「こちらの住まいは私どもの長屋ですか」

と念押しするように芳之助と同じ質問をした。

「おお、いかにもさようじゃ」

「おまえ様の口から一口城と度々聞かされていましたが、冗談ではなかったのですね。かような立派な住まいに美濃の苗木生まれの私どもが住んでいいのでしょうか」

と佳世が自問した。

「気に入ったのか気に入らぬのか、佳世」

「勿体（もったい）のうございます」

と呟いた佳世が天守閣からの江戸の景色を改めて眺めて、

「私どもは城住まい」

と自分に言い聞かせるように漏らした。

庭の敷地に洗濯物を干しに来た義助の女房の吉が、

「佳世さん、そこから眺めると景色が違うかい」

と羨望と皮肉の入り混じった言葉を投げかけた。

「お吉さん、違いがございますよ」

「ふーん、どう違うって」

「ご覧になりませんか」

「なに、そちらに上がれってか」

吉が洗濯物を慌ただしく干して、井戸端にいた屋根葺き職人八五郎の女房いっきと植木職の登のかみさんのおまんを呼び、

「お侍さんの店の二階に上がるよ」

と勝手に誘った。

「いいのかえ、誘われたのはお吉姉さんだけだよ」

「あの見晴らし台を見てごらんよ。ひとりやふたり増えたからって大丈夫だよ。ねえ、佳世さん」

と最後に佳世に許しを乞うたが、返答を聞く前に吉は、小此木家の敷居を跨ぎ、

土間に入り込んでいた。

　女四人が天守閣に立ち、馴染みのはずの景色を眺めた。だが、だれも直ぐには
なにも言わなかった。

「どうしました、お吉さん」

「うちの洗濯物なんぞ干すんじゃやなかったね」

　と呟いた。

「いえ、見慣れた眺めに変わりありませんよ」

　とのあえての佳世の言葉におまんが、

「わたしゃね、こんな景色初めて見るよ。ねえ、いつきさん」

「ああ、庭から見るのと違うよ。こんな絶景、ふつうは千両を支払っても見られ
ないやね」

　佳世が笑みを浮かべた顔を向けた。

「うちのぼろ着を干すんじゃやなかったよ。でもさ、洗濯物が干されていようとど
うしようと、この見晴らし台から見る景色はべつものだよ。魂消たねえ」

　と最前佳世に吐いた言葉を改めて吉が繰り返した。

「お吉さん、同じ長屋とはいえ九尺二間とはえらい違いだね」

といつきが言い、

「ああ、寝て見る夢まで違ってくるんじゃないかえ」

とおまんが応じた。

佳世を含めた女たち四人が景色に魅了されたか、沈黙したまま景色に見入っていた。

「ねえ、おまえさん方、一口長屋には魔物が住むとか、謎が秘められているとか聞かされてきたよね。この景色を見ていると、うちの長屋は並外れた長屋だよ」

と吉が言い切った。

「ああ、ほんとうにふつうの裏長屋じゃないやね」

と差配の女房の言葉におまんが賛意を示し、

「なんとなくだけどさ、この長屋に最後に入った小此木一家がさ、運を私らに齎したと思わないかね」

といつきが言い添えて佳世を見た。

「ご一統様、私どもは美濃の苗木なる貧寒とした城下町から追い立てられてこの地に参った者ですよ。一口長屋に幸せを齎すなど、さような力は亭主の善次郎も私も持ち合わせておりませぬ。やはり一口長屋のこの土地に秘められた謎が隠されているのでしょう」

「だれかが言ったよね。ふつう、長屋を決めようとする折り、人が長屋を選んで決めるけど、一口長屋は、長屋が住む人を選ぶってね。だとしたら、私らは一口長屋に棲みついている精霊かなにかに選ばれたのかね。どう思うね、佳世さん」

と吉が問うた。

「お吉さん、ご存じのように私どもは昌平橋の袂で、そなた様のご亭主義助さんに偶さか出会って、一口長屋に住むことになりました。さように格別な力を持っておられるのは義助さんではございませんか」

「そこさ。近ごろさ、亭主が、『おりゃ、なぜ小此木さん一家を一口長屋に住まわせるような真似をしたか、不思議に思うぜ』って言っていたね。たしかにあの折り、一口長屋に相応しくないやくざ者の助八を追い出したばかりだったね。いつもは大家の越後屋さんに前もって相談するのに勝手に決めたんだよなって、今も不思議がっているのさ。だけど、うちの亭主は格別な力なんぞ持っていませんよ」

と吉が言い切った。

そんなところに義助が出先から戻ってきて、話を聞き、

「おお、そうだった、そうだった」

　と合いの手を入れた。

「さようかのう、義助どののおかげでわれらがこちらに住まいすることになったのに間違いない」

　と善次郎が答えた。すると、

「差配の義助さんの父御もこちらの差配と聞きました。いつきさん方はいつこの一口長屋に引っ越してこられましたか」

　と佳世がいつきとおまんのふたりの女衆に質した。

「ううーん、私らがこの長屋に越してきたときは、八五郎がさ、普請場の屋根から誤って落っこちて腰を痛めたんだよね。親方の家に居候をするのも辛いってんで、予定を早めて十五の私と所帯を持ってさ、住まいを探すことにしたのさ。七、八年前かね」

「一口長屋が直ぐ見つかりましたか」

「親方の家は川向こうさ、あちらであれこれと探したけど、私らがたな賃を払えるような長屋がなかなかなくてさ、どうしようかと迷った末に神田明神にお詣りに行った帰り、坂道を下って神田明神下に下りる途中で引っ越しをしている一家に出会ったのさ」

「引っ越しは、入ってきたのであろうか。それとも出ていったのかな」

「小此木さんよ、煙管職人でさ、居職なんだけど、九尺二間では仕事ができないと、別の長屋に引っ越しするところだったのさ」

と義助が応じて、

「ああ、煙管屋の種三さん一家だ」

と吉が言い添えた。

「はい、そのお方にさ、引っ越しの事情を訊くと、いい眺めの長屋だけど、仕事場としては狭いって返答だったから、次の住人が決まってますかと、その場にいた差配の義助さんに質したのさ。いや、まだなんだって返答に、見せてもらえますかと願ったのが、一口長屋との縁の始まりだったね」

「いつきさん、ということは、この長屋との縁ができたのは神田明神にお詣りしたおかげですよ」

と佳世が言い切った。

「ああ、そうだね、神田明神さんのおかげだね」

いつきが賛意を示し、

「こちらに住み始めて八五郎の仕事が増えたよ。これも神田明神のお力かね」

「間違いない、一口長屋に出合ったきっかけが神田明神へのお詣りならば、仕事が増えたのは明神社と一口長屋のおかげであろう」

との善次郎の言葉にその場の全員が頷いた。

「植木職人の登どの一家へも訊きたいな、そなた一家は、いつこちらに越してこられたな」

善次郎が登の女房のおまんに問うた。

「五年も前かね。登がね、米問屋の越後屋に仕事に入ったのさ。親方は別の仕事で忙しく、越後屋の植木の枝切り程度のひとり仕事でね、最後の日に、大番頭の孫太夫さんがさ、なぜか小さな紅葉の木を、おまえさんの長屋に庭があるならば植えなさい、とくれたそうな。その苗木を手にこの坂道を下っていてね、一口長屋の前を通りかかったのさ。見ると広々とした敷地だろ。登はね、おりゃ、この紅葉の苗木をこんな庭に植えたいなと眺めていたんだって。するとね、登はね、この庭がおれを呼んでやがる、と思ったそうだ。私らが住んでいた前の長屋は、ぼろ長屋でね、庭なんかないのと同じくらい狭い。でね、亭主は、そうだ、紅葉の苗木はここに植えていこうと勝手に決めてさ、木戸口の小さな社の前に植えたんだって」

「ほうほう、大胆なことをなさったな。待ちなされ、登どのは、一口長屋が紅葉の苗木をくれた越後屋の持つ家作だと承知していたか」

「お、小此木さん、それが違うのさ。その折りは知らなかったのよ。で、植えたところに」

「あいよ。おれが戻ってきてな、おめえさん、どこのだれだ、勝手に他人の庭に苗木を植えるなんて、差配のおれに断ったかと叱りつけたのよ」

「なに、差配が怒ったか」

「事情を聞いたらよ、大番頭の孫太夫さんからもらったと言うじゃないか。まさか、登はよ、紅葉をくれた越後屋の家作に紅葉の苗木を植えたなんて考えもしなかったと言うのよ。ああ、こりゃ、一口長屋が苗木を呼んでのことだと、思ったね」

「差配どの、間違いない。紅葉の苗木は、一口長屋にあるべきだと、登どのは呼ばれたのだ」

「そんなわけであれこれと話していると、じつは長屋を探しているんだって、未だ名も知らない植木職人が言うじゃねえか。でね、おれが『おめえさん、植木職人ならばおれに断りもなしに植えた苗木の世話をしねえ』と誘ったのさ」

「『差配さんよ、おれの長屋は川向こうだよ。こちらに始終は通ってこられないよ』と答えると、『だったら、うちの長屋に引っ越してくるがいいや』と言われてね。えっ、紅葉の苗木一本のために引っ越しか、と思ったんだが、『おめえさん、大家の越後屋の庭木の手入れをしたんだろ。こちらも同じ越後屋の家作なんだから、面倒をみてもいいじゃないか』って言われてその気になったんだな」

「その話をよ、孫太夫さんにしたらよ、『うちの家作に植木職人が住まいするのは悪くない』と直ぐに許しが出たな」

「なんとのう、登どのの一家は神田明神社の氏子の越後屋からの縁で一口長屋に住み始められましたか。やはり一口長屋では、住む者を長屋が選んでおるのかのう」

と善次郎が首を捻った。すると、義助が、

「ところがえらい勘違いをしでかしてたんだな」

と顔を顰めた。

「勘違いとはどのようなことかな」

「登の野郎、一口長屋の住人になったはいいが、自分が植えた紅葉の世話も敷地の植木の手入れも全くしないんだよ」

「たしかに手入れをするのを見たことはないな」

「こないだ最低限の剪定はしたじゃねえか」

「わっしがね、偶にはうちの植木の手入れもしろと願うと、登の野郎がね、仕事先の庭木は手入れすれば稼ぎになる、うちに帰ってまで植木の手入れはしたくないと抜かしやがった」

その言葉を聞いた登のかみさんのおまんが、

「登が言っていたよ。差配さんは植木についてなにも知っちゃいないってね。おれが毎日、手で触り、眼をかけている植木はわざわざ手入れしなくても大丈夫だって」

「たしかに一口長屋の植木はどれも元気でござるな」

「そうだろ、お侍さん」

「育ち盛りの木は、木に任せておけということか」

「さすがにお侍さんだね、木のことをとくと分かっているね。登が植えた紅葉は五年経って立派な木に育っているだろ」

とおまんが言い切った。

しばし沈思した善次郎が、

「どうやら一口長屋が住人を選んで住まわせるというのはたしかなようだな」

「となると差配のわっしなどいなくてもいいってことですかえ」

「いや、大家の越後屋どの、差配の義助どのがいて、一口長屋が成り立っているのでござろう」

「そこに守護人の小此木善次郎さんが加わったか」

「まあ、末席をそれがしが穢しておるな」

善次郎も義助も一口長屋がただの長屋ではないことをつくづく感じていた。


その日、小此木善次郎は神田明神社権宮司の那智羽左衛門から社務所に呼ばれた。

「なんぞ新たな厄介ごとですかな」

「そうそう厄介ごとにばかり見舞われても敵いませぬぞ」

と羽左衛門が包金ひとつを差し出した。

「なんでござろう。それがし、二十五両も頂戴する曰くはありませんぞ」

「いえ、いささか遅くなりましたがな、過日の賽銭泥棒を捕まえてくれた謝礼です」

「謝礼にしては過分ではございませぬか。それがし、神田明神社の守護人にござれば、そちらの給金で充分なのです」

「いえ、小此木様がそう申されるであろうことは、越後屋の九代目からも聞かされましたがな、私どもの気持ちです」

と羽左衛門が善次郎の前に差し出した。

「それより神具誂えの高砂屋一門がいなくなって神田明神社は新たな職人衆をどうなさるおつもりですかな」

と善次郎は謝礼の金子から話柄を振った。

「そのことですよ。高砂屋の分家が同じような仕事をしておりますが、未だ経験が足りませぬ。分家の若い衆三人を指導しながら育てるしかありません。当然ながらこの者たち、高砂屋一門の悪事にはいささかも加担しておりませぬ」

「さようですか、神田明神の新しい神具は、若い衆では直ぐには誂えることはできませんか」

「そこで、三人が若いころ修行をしていた先の親方に願って、時折り神田明神に来ていただき、三人の仕事を見てもらい、手直しすべきところをご指導いただくことにしました。どう思いますね、小此木様」

「おお、それはよい考えでござる」

「そうでございましょう。しかし、ときに親方に指導料というか礼金を払わねばならないのが頭が痛いところです。神田明神の番所にはそんな余裕はありませんからね」

と羽左衛門が言った。

「権宮司、そこだ」

「なんですね、そこだとは」

善次郎が自分と羽左衛門の間にあった二十五両を権宮司の膝の前に押し出し、

「この金子を親方への礼金や雑事の費えにお使いくだされ」

「それとこれとは別の話ですよ、小此木様」

「いや、わが一家はこの神田明神界隈に世話になり、なに不じゆうのない暮らしが立つようになった。賽銭泥棒の礼金はそちらに回してくれませぬか」

と善次郎が重ねて願った。

羽左衛門が善次郎を正視していたが、

「いいのかねえ、そんな話に乗らせていただいて」

「こちらから願いましょう」

と善次郎が告げた。

ふうっ、とひとつ息を吐いた羽左衛門が、

「助かりました。高砂一門の賽銭泥棒の損害（ツケ）は結構神田明神に残っておりましてね、この四、五年は切りつめてやっていかないと、と覚悟しているところなのですよ。小此木様、神田明神の景気がよくなった折りに、少しずつでもお返しするということで、この二十五両、使わせてもらいます」

とようやく両人の間で合意が成った。


善次郎が一口長屋に戻ると、長屋の住人たちが広い敷地の掃除をしていた。そんな中、越後屋の九代目の嘉兵衛が一口城の前に立って植木職人の登が松の木を一本植えているのを見ていた。

「どうなされました、嘉兵衛どの」

「おう、小此木様、お帰りか。一口城の城主に断りもせず申しわけないことですが、うちの庭に植えられていた松の木をこちらに移植させておるところです」

「断りですと、こちらの長屋は越後屋さんの持ちものです。それがしに断る要はございませんぞ。そういえば松は一口長屋にありませんな」

「はい、しかし、松の木はなんとのう目出度（めでた）くありませんかな。俗（ぞく）に松竹梅と申しますが、松が一番頭にくるくらいです。二十年ぶりの一口長屋の大普請が終わりましたのでな、一年じゅう葉を茂らせる松の木を記念に長屋の敷地に植えるのはどうかと思いついたんですよ」

「それはいい」

というところに掃除をしていた連中が集まってきて、登が真新しい角材で枝の支えを設置するのを眺めた。

「おお、いいな、なんとなく清々（すがすが）しくないか」

と差配の義助が言い、

「登よ、二十年経つと立派な大松に育つよな」

と八五郎が質した。

「二十年で大松ね、まあ高さ三、四間（約五〜七メートル）くらいの中松には育とうな」

「いや、一口長屋の土地はよ、格別だぞ。小此木さんちの天守閣より高くなるぞ」

と義助が言い切った。

「ほう、わが城の天守閣を追い越すか。なんでも大きく育つのはいいことだ。どうだな、記念樹が終わったところで、ご一統で祝い酒を飲まぬか。わが家にまだ越後屋どのからいただいた上酒と、樽酒が残っておったわ」

との善次郎の言葉に長屋の住人たちが、

「おうさ、夕餉の菜を持ち寄って宴だよ」

との義助の言葉で宴の仕度が始まった。

二

いつの間にか葉月も半ばとなり、このところ神田明神社からも越後屋からも仕事の依頼はなかった。とはいえ暮らしに困ることはなかった。ひたすらせっせと幽霊坂の青柳道場に通い、善次郎は独り稽古に励んだり、若い門弟衆の安生彦九郎らを指導したりしていた。

(かような日々が江戸の、一口長屋の暮らしだ)

と得心していた。

ある夜のことだ。

小此木善次郎はふと目が覚めた。酒を飲んだわけではない。ふだん目覚めることなく明け方まで熟睡するのに、この日は目覚めた。

（どうしたことか）

と漠然とした考えが浮かんだ。歳のせいにするには二十代では若過ぎた。なにげなくおかしいと考えながら、厠に行き、ふたたび寝床に戻ろうとした。

寝間から佳世と芳之助の寝息が聞こえていた。

ふと気づいた。有明行灯の灯りが消えていたが、部屋の中がうっすらと明るかった。なんと月明かりが一階まで差し込んでいた。

善次郎は刀掛けから長谷部國重を手にした。訝しさを感じたわけではない。深く考えもせず刀を手にしていた。

その明かりに誘われるように二階に上がり、天守閣に出た。嘉兵衛や善次郎以外の住人たちは見晴らし台とか洗濯物干し場と呼んでいたが、善次郎が身内や長屋の住人らに、向後は一口城の見晴らし台を「一口城天守閣」と呼ぶように願った。だが、八五郎などは、

「なんだと、一口城天守閣は大げさ過ぎねえか、洗濯物干し場でおりゃ、いいと

思うがね」

と拒み、佳世は、

「八五郎さんの申されるとおり、いかにも大仰です。芳之助はそんな風には呼べませんよ」

「ならば、やっぱり洗濯物干し場か」

「いいえ、せいぜい天守閣でしょうか」

「天守閣な、いいだろう」

と登が応じたが、未だ長屋の面々は、さらりと物干し台と呼び習わしていた。

ともあれ一口城の城主小此木善次郎ひとり、天守閣と呼んでいた。

満月が江戸を照らしていた。

「おお、今宵は中秋の名月か」

芋名月とも呼ばれる名月が不忍池に映っていた。

(おお、なんとも美しき月かな)

と善次郎は見入った。

「これこそ天守閣の眺望ではないか。長屋の皆の衆はこの景色を望む天守閣を物干し台と呼ぶがな」

と呟いた一口城の城主は、時の経過を忘れて見入った。

どれほどの時が過ぎたか。

不忍池に映った月が反射して刀を携えた善次郎を浮かばせていた。強い光ではないが清々しい月明かりだった。

（かような風景を神秘というのであろうか）

善次郎は寝衣の帯に長谷部國重を差し落とすと、池に反射した月明かりと向き合い、瞑目した。

五体を清らかな風が吹き抜けた。

しばし閉じていた両眼を開けて、不忍池に映る満月を見た。

咄嗟に國重の柄に手をかけると二尺三寸五分の刃をゆるりと抜いた。すると愛剣に月明かりが映った。

その瞬間、強い力が、霊気が國重を、善次郎の五体を吹き抜けた。

思わず善次郎は陰流苗木の構えを取った。

両手に柄を握り、正眼の構えで月明かりと向き合った。

不意に國重を振るっていた。

両手に構えた國重が流麗にも陰流苗木の基の動きを繰り返していた。これまで経験したことのない、刀が勝手に動いている感覚だった。

いや、違うと思った。

國重に操られているのではない。中秋の名月の力を得た國重が善次郎を動かしていた。

善次郎は無心に舞い、動いていた。

どれほどの刻が流れたか。

満月を映した不忍池から反射した光が、

すうっ

と消えていく。

満月が雲に隠れたのだ。

闇が天空の満月の明かりも、不忍池に映った月の反射の光も消していた。

善次郎の動きも月光の弱まりとともに止まった。

全身に汗を掻いていることを善次郎は意識した。

天上の月明かりは雲に隠れたままだ。ために池に映った月も消えたままだ。

すると、暗闇の中で善次郎が手にした國重だけが霊気を移して神々しくも光っていた。

（なにが起こったのか）

小此木善次郎の業前は明らかに満月に動かされていた。相模国鎌倉住の刀鍛治長谷部國重が鍛えた逸剣に手を添えていただけだった。

善次郎はしばし呆然としていたが、國重の抜身を最前まで満月を映していた不忍池に向けて、両手で捧げて奉じた。

ふたたび両眼を閉ざしていた。

雲に隠れていた中秋の名月がふたたび現れ、不忍池の水面に反射した光が、善次郎の捧げ持った國重を照らした。

その瞬間、國重に新たな力が奔（はし）った。

眼を閉ざしたまま善次郎は、國重を夜空にある現（うつつ）の月と池に映った幻の月に奉じていた。

長い刻が過ぎ、善次郎は眼を開けた。

眼に映じたのは捧げ持った國重の切っ先から鎺（はばき）下まで、二尺三寸五分の刃が神秘の光に彩られている情景だ。

父から譲られた國重をこれまで幾たび見てきたか。美濃国苗木を出た四年前から昼夜を問わずほぼ手元にあり見てきた。だが、かような神々しい光を湛（たた）えた刃を見た覚えはない。

(なにゆえか)

善次郎は、中秋の名月と不忍池に映じたもうひとつの月に感謝の気持ちを込めて頭を垂れ、捧げていた愛刀を静かに下ろすと鞘に納めた。

天守閣にいつもの気配が戻ってきた。

善次郎は、

(向後、小此木善次郎がなすべきことを教えてくだされ)

と満月に願った。

夜風が不忍池の方角から吹き寄せてきた。

(考えなされ)

と妙なる声音が善次郎の体に響いた。

善次郎は國重を寝衣の腰から外すと天守閣の床に腰を下ろし、座禅を組んだ。

その脳裏に四年前、美濃国苗木を佳世の手を引いて出た姿が浮かんだ。

(われらはなにをなすために旅に出たのか)

むろん佳世といっしょの暮らしをなすためだ。だが、そのこととは別に天が与えた使命はないのか。

なぜか江戸は、神田川右岸の昌平橋際に善次郎と佳世、そして、旅の間に生まれた芳之助の三人は辿り着いていた。あの折り、三人は東海道を下り、江戸へと入ったが、どこをどう彷徨ったか、全く覚えがない。気づいたら、昌平橋の袂に思案もなく佇んでいたのだ。

さよう、偶さか出会った義助に、住まいはないか、職はあろうかと尋ねていた。

小此木善次郎と佳世は、単に江戸に出てきたのではない。そうだ、神田明神門前町の一角、一口長屋に住まいするために美濃の苗木を出てきたのではないかと記憶を辿った。

となると、

(小此木善次郎がなすべきことは、ただ今座している天守閣がある一口長屋やこの界隈の人々のために務めることだ)

善次郎は、はたと気づいた。

翌未明、善次郎は昌平橋の欄干に手を置いて、一口稲荷の方角に向き、

(それがしの務め、よろしく見守りくだされ)

と願った。

橋を渡りながら、己にはすでに住まいがあり、知り合いや仲間がおり、こうして通うべき道場もあると思った。

(これ以上、なにが必要か)

幽霊坂の青柳道場の門を潜ると、筆頭師範の財津惣右衛門が両腕に一匹の子犬を抱いてうろうろしていた。

「どうなされた、師範」

「おお、小此木どのか、すまんがこの子犬、そなたの長屋で預かってくれぬか」

といきなり言われた。

「捨て犬ですかな」

「おお、安生彦九郎ら若い衆三人が神田川の土手に捨てられていた五匹の子犬を道場に連れてきたのだ。

彦九郎らが一匹ずつ屋敷に連れ帰り、飼うように両親に願うそうだ。つまり三匹の家は決まった。それに道場でも一匹を飼うことで青柳先生の許しを得た。だが、最後の一匹がなかなか決まらんのだ」

「それでそれがしに飼えと申されますか」

「そなたの長屋はただの長屋ではなかろう。敷地も広く、一口城も普請成ったというし、一匹くらい子犬を飼うことができぬか」

と言うと赤毛の子犬を、ほい、と差し出して両腕に抱かせた。

まず子犬の温もりが善次郎の両手に伝わった。なんとも優しい温もりだった。

「生後どれほどですかな」

「ひと月かのう。目がようやく見えたばかりよ」

善次郎が抱き上げて顔をとくと見ると、つぶらな瞳が善次郎を見た。

「まずは大家の越後屋やら長屋の住人に断るのが先ですな。それから、佳世の許しを得ねばならない」

と告げた。

「そんな暢気なことは許されぬ。稽古が終わったら、早々に一口長屋に連れて帰りなされ」

財津師範は子犬をどう始末しようか、だいぶ悩んだ気配が見られた。

「えっ、師範、さように逼迫した話ですか。この子犬、ううーん、牝ですな」

「いかにも牝だ。だが、未だ名はないぞ。もらってくれるな」

「他の四匹はどうしていますな」

善次郎は未だ見ぬ子犬の兄弟姉妹に触れた。

「道場の横手の庭でな、彦九郎らが近くの屋敷で飼われている母親犬の乳を分けてもらってきたでな、飲ませておるわ。その子犬も腹を空かせておろう。連れていって飲ませぬか」

と言われて道場を回って庭に行くと、むしろを敷いたところに一匹の母犬がいて、四匹のちび犬たちにおっぱいを飲ませていた。どうやら母親犬ごと青柳道場に連れてこられたようだ。

「おお、小此木様も師範に押しつけられましたか」

安生彦九郎が質した。

「そなたらも一匹ずつ屋敷に連れ帰るそうな」

「はい、師範に押しつけられました。屋敷でなんと言うかな」

と彦九郎が不安を漏らした。

どうやらだれもが財津惣右衛門に押しつけられたのが実情らしい。

「そなたらが拾ってきたのであろう」

「はい。土手道でくんくんと鳴いているのを見たら、どうしようもありませんよ。師範に言われて三匹は屋敷にそれぞれ連れ帰ることにしたんですが、親たちがどう反応するか案じています」

と財津師範の説明とはだいぶ違った話をした。

「小此木様の長屋でもお飼いになりますよね。一口長屋は広いし、遊ぶところも小便をする庭もありましょう」

彦九郎が話柄を転じた。

「いや、未だそれがし、この子犬を飼うかどうか決めておらぬのだ。なにしろそれがしは越後屋の家作の一住人に過ぎんでな」

「甘いな、客分は」

彦九郎がわけのわからぬことを告げた。

「どういうことだ」

「そうやって子犬を抱いたらもはや手放せませんよね。なにより芳之助さんに見せたら、絶対に犬好きになりますって」

「あいつな、このところ道場に通ってくるのを、なんやかやと理由をつけて怠けておろう。犬に夢中になったらいよいよ稽古に来なくなるぞ」

「そこですよ。一口長屋に連れ戻ったら、芳之助さんに抱かせましてね、毎朝道場に通わぬようなれば、犬はうちでは飼えんと言ってごらんなされ。子犬を飼っていいなら、道場に通うと必ず約束しますよ」

彦九郎は自分の事情はさておいて悪知恵を授けた。

善次郎はそう容易く事が済むとも思えなかったが、ともかく腕に抱いていた子犬を母親犬の傍らに降ろしてみた。すると子犬は四匹の間に分け入っておっぱいを飲み始めた。生きたいという強い本能を善次郎は子犬に見た。

（さあてどうするか）

善次郎はまず米問屋の越後屋に子犬を抱えて連れていった。

本日は帳場格子に主の九代目嘉兵衛と大番頭の孫太夫が並んで仕事をしていた。

「おや、どうなされました、子犬なんぞを抱えて」

と直ぐに嘉兵衛が気づき、善次郎が返事をする前に、

「まさかうちで子犬を飼えなんて、連れてこられたのではありませんよな」

と孫太夫が言い放った。

善次郎は子犬五匹が神田川の土手に捨てられていたのを青柳道場の若侍たちが拾って道場に連れていき、四匹まではなんとか主が見つかった話をした。

「で、五匹目をうちに連れてこられましたかな。犬は結構です」

と孫太夫が言い切った。

「もはやそれがしが飼うか飼い主を見つけるか筆頭師範に押しつけられてな」

と嘉兵衛を見た。

「どうやら小此木様が一口城で飼うおつもりのようだ」

「主どの、犬を長屋で飼うのは無理でしょうな」

孫太夫が嘉兵衛を見た。さすがに主に対しては自分の考えを押しつけるのを遠慮している表情だ。

「そうですかな、一口長屋に子犬がいても差し障りはありますまい。どうれ、私に抱かせてくだされ」

と帳場格子から出てきて、善次郎から抱き取った。

「おお、なんともこの肌の温もりがいいわ」

「旦那どのは子犬が好きですかな」

「生き物は嫌いではありません。されどうちは商いでしてね、犬嫌いの客人も見えるということで、代々犬を飼っておりません」

と言い訳した。だが、その顔は犬が好きなことを物語っていた。

「一口長屋でそれがしが世話をしてもようござるかな」

「あちらは広い敷地ですし、大きくなったら番犬になりましょう」

と嘉兵衛が許しを与えたのを孫太夫が苦々しい顔で見て、

「小此木さん、二匹三匹と犬を飼うような真似をしないでくだされよ」

と言い放った。

「ありがたい。なんとか五匹の子犬の行き先が決まりました。主どの、この子犬が見たい折りは一口長屋にいつでも来てくだされ」

「そうさせてもらいましょう」

嘉兵衛から抱き取った子犬を抱えて一口長屋に戻り、木戸を潜って一口稲荷の分社に名もなき子犬を見せて、

「どうか、この子犬が健(すこ)やかに育ちますように」

と祈願した。

「おい、子犬をうちで飼う心算か」

差配の義助が困った顔で子犬を見ながら善次郎に問うた。

「どうだ、差配どの、この子犬を抱いてみぬか。愛らしいぞ」

「生き物はな、小さな折りはなんだって可愛いもんだ。うちは長屋だぞ」

「その差配は義助どの、そなた」

「と言っても、おれの許しだけではダメだ。大家の許しが要る、いやさ、大番頭の孫太夫さんがまず嫌がるだろうな」

「さようか、孫太夫どのは犬が嫌いか」

「なんでもよ、店子が持ち込む話は孫太夫さんがまず拒むな。おまえさん、まずあっちに行って許しを得るのが先だ」

と言った義助を善次郎は見返し、

「嘉兵衛どのの許しを得て、かように長屋に連れてまいった」

「なんだよ、それを先に言いなよ」

というところに、長屋の女衆や子どもたちがふたりのもとへ集まってきた。

「ちちうえ、いぬどうした」

芳之助がキラキラとした瞳を子犬に向けた。

「芳之助、犬は嫌いか」

「おおきないぬはこわい」

「小さな犬はどうだ」

善次郎が芳之助の胸に子犬を押しつけた。

「ああ、かわいいな、こわくないぞ」

と叫んで抱き締めると、かずが、

「わたしにも抱かせて」

と芳之助から抱き取った。

「ちちうえ、だれのいぬだい」

「一口長屋の犬だ。みんなで面倒をみるんだぞ」

わあっ、と喜声を上げた芳之助が、

「名はなんだ、ちちうえ」

「おお、子犬の名か」

と言いながら善次郎はふと木戸口に植えられた紅葉に視線をやった。

「もみじという名だ」

と善次郎が告げた。

「もみじちゃんなの、女の子ね。可愛いわ。私にも抱かせて」

と一口長屋の子どもらのうちで最年長のおみのがかずから受け取り、

「明日からさんぽに連れていってあげる」

「おみのねえちゃん、よしのすけもいっしょだぞ」

「わたしもいく」

かずも加わり、賑やかな時がいつまでも続いた。

三

子犬のもみじが小此木家の飼犬になって、一口長屋の暮らしは一段と賑やかになった。

そんな日々、小此木善次郎は幽霊坂の青柳道場で客分の務めを果たしたり、自らの稽古に打ち込んだりして、いつもの生き方を貫いていた。このところ道場通いが嫌だと言っていた芳之助は子犬のもみじを善次郎に見せられ、

「よいか、芳之助、もみじをうちで飼いたいならば道場の稽古に怠けずに行くのだ」

と諭され、

「ちちうえ、けいこにいく」

と即答した。

「毎朝、起きられるな」

「ちちうえ、おきれる」

「よし、ならばもみじはうちで世話をするのを許す」

その後、芳之助は文句を言わず道場に通うようになっていた。

ある朝、稽古を終えた善次郎と芳之助を道場の門前で、なぜか竹籠を負った安生彦九郎が独り待ち受けていた。

「うむ、どうしたな」

と質した。すると背中の竹籠の中から幼い犬の鳴き声が聞こえてきた。

「ああ、あにさんちの犬」

と芳之助が言い、爪先立ちで竹籠を覗こうとした。

「なに、まさか新たな子犬を拾ってきたのではあるまいな」

「さようなことはありません」

「となると彦九郎どのの屋敷にもらわれたはずの子犬を一口長屋のわが家で飼えというて持ってきたか。うちは借家である、二匹は無理じゃぞ」

「ご安心ください。ちび犬のヒコはわが屋敷ですでに人気者です。ヒコとわが名から一字とってつけたからでしょうか」

「なに、そなたの名の彦九郎の彦をとってヒコと呼ばれるのか」

「はい。本日は久しぶりに道場にいるツルギと妹のもみじに兄弟のヒコを会わせたいと道場に連れてきていたんです」

「なんとさようなことを考えおったか。道場にヒコがおるなど考えつかなかったわ」

「竹籠に入れたまま控えの間に隠しておりました。小此木様、屋敷に犬がいると人の心も優しくなりますよね、そう思いませんか」

「そうよのう、なんだか気持ちが穏やかになるな。わが一家の暮らしも今やもみじなしには考えられぬな。よし、一口長屋に参ろうか」

竹籠に入れられたヒコが、くんくんと鳴いた。

「案ずるな、ヒコ。おまえをもみじも待っていよう」

と背の竹籠に彦九郎が話しかけているうちに神田明神下の長屋へ続く路地の入り口に着いた。すると芳之助がひとり走り出し、一口長屋の敷地に姿を消した。

善次郎と彦九郎のふたりが木戸口に辿りつくと、芳之助がもみじを抱えて姿を見せた。するとと竹籠の中のヒコが、わんわんと喜びの声を上げた。

「おお、気配だけで妹犬に会いに来たと分かったか」

「二匹は同じ母親から生まれたのです。血が血を呼ぶのではありませんか」

「血が血を呼ぶな」

と善次郎が感心し、彦九郎が竹籠を下ろして子犬を庭に出した。それを見たもみじがわんわんと吠えながらヒコに駆け寄った。

一口長屋の敷地で兄犬と妹犬が顔を見合わせた途端、互いが直ぐに喜びの吠え声を上げながら、じゃれ合って遊び出した。

「ああ、もう一ぴき、犬がふえた」

と植木職人の娘のおみのが叫び、

「ねえちゃん、ひこせんせいちのヒコだよ。もみじに会いにきたんだ」

芳之助が告げた。

この日、ヒコともみじは一口長屋の敷地を飛び回り、駆け回って遊んだ。その後、佳世に餌をもらって満足した二匹の犬と子どもたちは、善次郎の家で昼寝をした。

昼下がりのころ合い、昼寝から目覚めたヒコに小便をさせると、彦九郎が竹籠に入れて、

「もみじ、また遊びに来るからな」

と未だ昼寝から覚めない妹に声をかけて、安生家の屋敷へと連れ戻っていった。

七つ（午後四時）の刻限か。武芸者と思しき風体の男がひとり、一口長屋の木

戸口に立った。偶さか庭に出た善次郎は、

(どこかで会った御仁だが)

と見た。すると相手が、

「こちらは一口長屋かな」

と尋ねかけ、

「おお、そなたは小此木善次郎どのじゃな、過日は達人と聞く小此木善次郎どのの腕試しにと道場へ参上し、大変ご無礼仕った」

と詫びた。

「そなたは雷電重五郎どのの頭分、たしか秋元但馬どのであったな。雷電どのはどうされておりますな」

「そなたとの立ち合いにおのれの未熟な力を知った重五郎め、しばらく迷ってうじうじと過ごしておったが覚悟を決めたか、われらに武者修行に出て、技量を磨くと宣告して旅に出ましたぞ」

「ほう、このご時世、武者修行ですか。なかなかの決断にござるな」

「さあて、それもこれも小此木善次郎どのに叩きのめされたせいであろう。少しはましな剣術家になって戻ってくるとよいがのう」

「体格も立派、力もお強い。技と経験を積めばなかなかの剣術家になられよう」

「どうですかな。機会があれば、そなたに再戦を願うと伝えてほしいと言い残しております」

「ほう、それはそれは」

と答えながら、重五郎の伝言が来訪の用事であろうかと善次郎は秋元但馬を見た。すると、

「こちらは一口長屋で間違いござらぬか」

と念押しした。ということは一口長屋に善次郎が住んでいることを知らずして、秋元は訪ねてきたことになる。

「いかにも一口長屋にござる。それがなにか」

「こちらに空き家はござらぬか」

「ただ今はどこも住人でいっぱいですぞ。この界隈に空き長屋をお探しなれば神田明神門前の米問屋の越後屋をお訪ねなされ」

「いや、それがし、一口長屋に関心があってな」

と秋元が言い切った。

「ほう、それはまたどういうことでござろうか」

と善次郎が秋元但馬を見ると、秋元は一口長屋の敷地と一口城天守閣をゆっくりと眺め回し、

「たしかに」

と呟いた。

「なにがたしかですかな」

「この長屋には謎めいた言い伝えがあると、さる道場にて何人もの旗本の門弟らが話すのを聞きまして訪ねてまいったのだが、まさかそなたが住まいとは思わなんだ」

とどことなく困惑の態(てい)を見せた。

「謎めいた言い伝えとは、どのようなものでござろうか」

「うーむ、それがな、それなりの家格の旗本衆ゆえ、稼ぎのために客分師範をしているそれがしからは直に話しかけられんでな。その旗本衆がいなくなったあと、師範のひとりに尋ねたところ、『さあて、どうでしょう、曖昧な噂話の類ではないでしょうか』と躱されたのだがそれがし、気になってな」

「秋元どの、その道場とはまさか幽霊坂の青柳道場ということはありませんな」

「いや、この界隈ではないのだ。お城を挟んで南側の溜池(ためいけ)に面した道場でしてな。

とは申せ、青柳七兵衛様の道場と比べても遜色（そんしょく）のない道場にござって門弟衆の数もそれなりに多うござる」

高弟と思しき旗本衆の問答を、曖昧な噂話の類といなしたという師範のあり方からも、ただの町道場ではないと知れた。それにしてもお城の向こう側で、神田明神門前の一口長屋が噂になるとはどういうことかと、善次郎は首を捻った。

「曖昧な噂話とはどのようなものでございますな、秋元どの」

「うーむ、ちらりと耳にしたところによれば、江戸総鎮守神田明神社の神威（しんい）に一口長屋は守られているというのだが、住人のそなた、どう思われるな」

「ほう、さような話がな。それがし、この長屋に住まいして長くはございませんがな、聞いたことがありません。長屋には差配どのも住んでおられるが、尋ねておきましょうか」

と噂話を否定するようにこう答えた。すると、

「いや、住人のそなたが知らんとなれば噂の類であろう」

とあっさりと応じた秋元但馬がさっさと一口長屋の木戸を出ていった。するとどこからともなく差配の義助が姿を見せた。

「聞いておられたか」

「小此木さんよ、あの御仁をとくと承知ではないよな」

「青柳道場で一度だけ会った、それだけの間柄だ」

「それで追い返したか」

「どうすればよかったかな、義助どの」

「この類の話だが、絶え間なく聞かれるよな。こたびはお城を挟んで向こう側だぜ。なぜこの界隈で終わらねえかねえ」

「大金が埋まっているなどという話も聞いたが、まず虚言に決まっていよう。話すほうも聞かされるほうも、『ほんとならいいな』程度で罪がないからではないか」

善次郎の言葉に義助がうんうんと頷き、

「神田明神社の神威に守られているのにな、こんな話が蒸し返されるのはよ、どういうことだえ。おまえさんは神田明神社の守護人だったよな」

「そのことだ」

「なんだ、そのこととはよ」

「それがし、形ばかり神田明神社と米問屋の越後屋の守護人を請け負うた。とくと考えれば越後屋は、金貸しもしておるで、人の利欲が絡んだ騒ぎがあれこれと見舞うでな、それがしが微力を振るえることもあろう。だがな、一方の神田明神社だが剣術家が明神社を守るとはどういうことかのう。神を一介の守護人が守ることなどできるはずもないわ」

「まあな、そう言われてみればできねえな」

「となるとそれがし、俗事の守護人として神田明神の氏子衆に降りかかった禍や難儀を取り除くことと考えて御用を務めるしかあるまいと考えたのだ。義助どの、それでよいのかのう」

善次郎は正直に胸の気持ちを吐露した。

「まあ、そういうことかね。つまりはこの一口長屋は神田明神社の神威に守られている以上、案ずることはなにもねえということよ。将軍様だろうが禁裏のお偉いさんだろうが、寿命がくればあの世に旅立つよな。なにもおまえさんが悩むことはねえさ」

と義助が話を無責任に広げ、

「そういうことかのう」

「あの御仁、一口長屋に戻ってこねえかな」

と義助が話柄を変えた。

「さあな、それがしが申したことを信じてはおらぬことはたしか」

「難儀だな」

義助が触れたように、一口長屋と神田明神社の関わりこそ、難儀のタネだと善次郎は思っていた。

過日の夜、中秋の名月が不忍池の水面に映り、その玄妙な光を一口城天守閣で善次郎が抜き放った長谷部國重が秘めたことを思い出していた。

この一件、他人に知られてはならぬ秘事だ。また、

「俗事に、神威を秘めた國重の力を借りるわけにはいかぬ」

このことを善次郎は承知していた。

剣術家が刀を抜くことができぬとすれば、

(剣術家小此木善次郎はどう生きればよいのか)

ううーん、と思わず唸っていた。

(あの出来事は現のことではなく、夢まぼろしではなかったか)

長屋の刀掛けにある長谷部國重を思った。

剣術家にとって一剣は民の上に立つ武士の魂(たましい)、象徴そのものではないか。國重を携えているゆえに剣術家小此木善次郎の生き方があった。抜いてはならぬ長

谷部國重とともに生きるためにはどうすればよいのか。ふと、

(國重を携えつつも向後決して刃を抜かぬ覚悟こそわれを真の剣術家たらしめん)

と思った。

さようなことができるものか。

美濃国苗木に生まれ、祖父と父から剣術、陰流苗木と夢想流抜刀技を厳しく叩き込まれてきた善次郎は、長谷部國重なくして剣術家たることはありえぬと思ってきた。幾たびもの真剣勝負に國重の力なくしては生き残れなかったことはたしかだ。向後も國重は唯一の小此木善次郎の守り刀ではないか。その國重を抜かずして剣術家を全うできるであろうか。

思案すればするほど迷いが深まった。迷いのままにこれまでの生き方はできぬと思った。

善次郎は年老いた節だらけの竹棒を摑むと、ごつごつした節を小刀で削り、腰に差しても帯に引っかからぬように丁寧に手に馴染ませた。

「おい、小此木善次郎さんよ、最前からなにを考えてやがる。おまえさん、一口長屋の城主になってよ、呆けたのではないか」

との義助の声がした。

「なに、未だわが傍らにおられたか」

「呆れたな。おれが何度も呼びかけたのが聞こえてなかったか」

「えっ、さようか」

善次郎は夢中で節を削り続けて義助の問いが聞こえなかったことを認めた。

「おめえさん、斬った張ったを勝ち抜いて生きてきた剣術家だろ。こんなことでどうするよ、あっさりと斬り殺されるぜ。なにをぼーっとしていたんだよ」

と義助が詰問した。

「いや、剣術家小此木善次郎にとって長谷部國重とはいかなるものかと思案していたのだ。そなたがそこにおることを忘れておったわ」

「長谷部なんとかって、おまえさんの刀だよな。用心棒稼業のおまえさんにとってよ、人斬り包丁はただひとつの稼ぎの道具だろうが」

「なに、國重は稼ぎの道具か、ううーん」

と義助の断定に思わず唸り、

「あのな、義助どの、それがし、向後だな」

「向後、どうするんだよ」

「刀は抜かぬことをおまえさんに約束致す。いやさ、神田明神社の大神様に誓う」

「なに、おれや神田明神の一之宮大己貴命様、ひらったくいえばだいこく様に誓うってか」

「おお、誓う」

と善次郎が言い切った。

「おい、そんなこっちゃじゃや、たな賃も支払えぬぞ。大工にとってよ、鋸や鉋が食い扶持を稼ぐ道具だな。おめえさんみたいに主を持たぬ貧乏浪人にとってよ、刀はめし代を稼ぐただひとつの道具なんだよ。それをうっちゃってまんまが食えるか。おまえさんの長屋には、おかみさんの佳世さんがいて、倅の芳之助ちゃんが腹を減らして待っているんだ、いや、もみじって犬もいたな。稼ぎの道具を使わずしてどうして銭を稼ぐんだよ」

「そのことだな」

と善次郎は首を捻った。

長谷部國重を封じるのが先か、三度三度の食い扶持のために刀を使うか。どうしたものか、とふたたび思案した。そのとき、

「ああ、忘れていた」

　と義助が叫んだ。

「なんだ、大声を出して、なにを忘れたのだ」

「おうさ、越後屋の大番頭の孫太夫さんとばったり神田明神の山門前で会ったんだよ。おりゃ、あの大番頭が苦手なんだよ」

「一口長屋の差配の直の上役だな。なんぞ嫌味を言われたか」

「それがさ、にんまりと笑ってな、一口城の城主小此木の殿様をわが主が呼んでおられます。坂を下るときはよろしいが、帰り道の上り坂は足に応えます。差配さん、わが意を伝えてくだされとな、えらく優しいのよ。どういうことだ」

「そなたに使いを願って坂道を下りたり上ったりしなくて済んだからであろう」

　善次郎の言葉をしばし思案した義助が、

「違うな、あの口調はよ。大口の取り立ての用心棒をおめえさんに頼むからよ、ああ、愛想がいいんだよ。明日、昼四つ（午前十時）と言っていたな、おめえさんの稼ぎの道具を持ってさ、越後屋に駆けつけることだよ」

「なに、國重が要る仕事か」

「初めてじゃねえよな、越後屋の借財の取り立てはよ。相手方にも腕の立つ用心棒侍が待ち受けているぜ。無腰で行けめえ」

「困った」

「なにが困っただよ。なによりも稼ぎが大事なんだよ。ささ、早く長屋に戻ってよ、長谷部なんとかの手入れでもしておきな」

と義助に追い立てられて長屋に戻った。


翌朝、善次郎は、刀掛けのある畳の間にどさりと腰を下ろして座し、

(刀を使わずに済む方策がありやなしや)

と思案した。

ふと、元日未明に新年の祝詞(のりと)を聞きながら頂戴した神田明神社の御札が荒神棚(こうじんだな)に祀られているのが目に留まった。

(長谷部國重を見て考えたい)

と善次郎は思った。

長谷部國重を膝の前に置き、正座をした。

しばし瞑目したあと、ゆっくりと刃を抜いた。二尺三寸五分の刃は善次郎が幾たびも見てきたものだった。だが、過ぎし夜、中秋の名月を映した刃は明らかに

刀鍛冶長谷部國重が鍛えたそのものではなかった。なにかが刃に宿っていた。

刀を立てた善次郎はしげしげと刃を凝視して脳裏に刻み込むと、ゆっくりと鞘に戻した。

刀を置いて立ち上がった善次郎は「神田大神太玉串」と書かれた神札に拝礼し、荒神棚から下げた。

(大己貴命様、お力を貸してくだされ)

と願った善次郎はお札を丁寧に縦にふたつに折り、さらにもう一度、そしていま一度、八つに折ると長谷部國重の栗形(くりがた)から下緒(さげお)を外した。そして、鍔(つば)にあいた孔と栗形を八つに折った御札で結ぶとさらに御札を保護するように下緒で巻いた。

(よし)

と胸に言い聞かせた善次郎は、刃を封じられた長谷部國重を腰に差してみた。

羽織を着れば、國重を封じた箇所が見えることはなかった。

(向後大己貴命様に誓いて小此木善次郎が國重の刃、光を見ることはありません)

越後屋の御用を務めるために着替えをした善次郎は、土間に下りると再度長谷部國重を腰に手挟み、左手で鯉口と鍔を触って確かめた。そして土間の隅にあった節の部分を丁寧に削った老竹の棒を摑むと、戸を押し開けた。

四

「おや、お出でになりましたかな」

といつものように大番頭の孫太夫が善次郎を迎えた。

「約定の刻限に間に合いましたかな」

「本日も刻限どおりですな」

と言いながらも苦虫を噛み潰したような顔には変わりない。そして、善次郎の手に馴染んだ竹棒を見た。

「杖ですかな」

「まあ、さようなもので」

「用心棒が杖をつくようでは仕事にはなりませんな」

「大番頭どの、わが家の生計（たつき）は用心棒稼業でござる。なんとか使ってくだされ」

と願ったとき、奥から越後屋九代目の嘉兵衛が手代の参之助を伴（ともな）い、姿を見せて、

「大番頭さん、そなたは小此木様の剣術の怖さをよう知りませんな。むろんほんものの刀を抜いて振り回せば、相手方が怪我をします。運悪しき場合は死ぬ目に遭わせる。ところが、小此木様の武術はなにも真剣を抜かずとも杖と称する竹棒で十分相手を懲らしめる技をお持ちです」

と言い切った。

「旦那様、抗うようですが武士の面目は刀に在り、とこの年寄りは考えます」

と言い放った。

「嘉兵衛様、大番頭どの、ご存じのようにそれがし、美濃の苗木なる在所者、それも今や浪々の身でござれば、武士の面目など指の先ほども持っておりません。この老いた竹棒、なぜかわが手に馴染みましてな、持参致しました。それだけのことでございますよ」

と主従の問答に分けて入った。すると嘉兵衛が頷き、

「小此木様、よろしくお付き合いくだされ」

と声をかけ、善次郎も、

「よろしくお願い申す」

と応じた。

越後屋の主従ふたりと善次郎の三人は、店の表に出た。すると嘉兵衛が神田明神の方角を見て拝礼した。善次郎もまた老竹を両手に掲げて頭を下げ、

(向後、老竹がわが身を守りまする)

と一之宮大己貴命に誓った。

拝礼を終えた善次郎は駕籠が待っていないことに気づいた。

「参りましょうか」

神田明神門前町から神田川の方角へと徒歩(かち)で向かった。

「本日、駕籠は要りませぬか」

「そうそう駕籠に千両箱を載せる仕事はありません」

と笑った嘉兵衛が、

「その代わり船を待たせてあります」

「おや、船でござるか。天気もよし、船日和(びより)ですな」

「いかにも船日和ですね」

と青空を見上げた。そして、

「どうですか、一口長屋の暮らしは」

と話柄を変えて問うた。

「至って快適でござる。それがし風情の在所者が一口長屋に暮らせるなど夢のまた夢のようにござる」

「それはなによりです」

嘉兵衛が不意に足を止め、傍らの善次郎を見た。

「なにやら、小此木善次郎様のご様子がいつも以上に爽やかにございますな」

「はあ、それがし、いつもと同じなりです」

と善次郎は両手を広げて自分の身なりを見回した。

「いえ、なにかがお変わりになったようだ」

「さあて、違ったところはなんらありませんがな」

と首を捻った善次郎の後ろに随う手代を嘉兵衛が振り返った。

「手代さん、どう思いますな」

「旦那様、私にもいつもの小此木様と違って見えます」

「ほれ、参之助もそう申しますよ」

「この爽やかな天気がそう思わせるのではござらぬか。小此木善次郎はなにも変わりませぬぞ」

と繰り返す善次郎に頷き返した嘉兵衛がふたたびゆったりと歩き出した。

「小此木様を変えたとしたら一口長屋でしょうかな」

「それがしが真に変わったとしたら、いかにもそれしか考えられませぬ」

嘉兵衛の指摘に首を捻りながら応じた。

「一口城天守閣の住み心地はいかがですかな」

嘉兵衛は天守閣の秘密をなぜか承知していると善次郎は思った。中秋の名月が不忍池の水面に反射して、天守閣に立つ者に授ける力を、承知していると思った。だが、越後屋の九代目が普請されたばかりの天守閣の秘密を体験的に承知しているとは思えなかった。となると越後屋の主は先祖からの言い伝えとして承知していることがあるのではないかと善次郎は考えた。

「嘉兵衛様、いつの日か天守閣がわれらになにかを授けてくれませんかな」

善次郎は近い将来になにかが起きるのではないかと思い、漠たる返答をした。

「しばしば聞かれる流言飛語のように曖昧な一口長屋の謎がついに知れると申されますか」

どう答えればよいかと無言で歩いていた善次郎は、

「さようなことが起こりますかな」

とふたたび首を捻ってみせた。すると嘉兵衛が、

「起こるとしたら小此木善次郎様にとって良きことか悪しきことか」

「謎が明らかになれば、それがしよりも越後屋どのの一族の繁栄を促すのではありませぬかな」

「ほう、うちの繁栄をな。となれば小此木様と越後屋の交遊は向後長く続くということですよ」

「ありがたき幸せにござる」

と善次郎が答えたとき、三人は昌平橋際に辿り着いていた。

船着場に柳橋の船宿風りゅうの屋根船が待っていた。

船頭は馴染みの梅五郎だ。そしてもうひとり、若い船頭が助船頭として乗っていた。

「お待ちしておりました」

と船頭から声をかけられた嘉兵衛が頷き、

「どちらに参りましょうかな」

と梅五郎が問い返した。

「江戸の内海に出て汐留川を遡ってくれませんか」

「承知しました」

と応え、助船頭が舫い綱を解くと、梅五郎が手際よく竹棹で神田川の流れに乗せた。

屋根船の簾が上げられ、気持ちよい川風が船の中に吹き込んできた。

「嘉兵衛様、たしかに船日和ですな」

「歩くと汗を掻きましたが、船では川風がなんとも気持ちようございます」

と嘉兵衛が応え、屋根船は柳原土手を見上げながら神田川河口へと下っていった。

柳橋では船宿風りゅうの女将のお京が待ち受けていて、

「越後屋の旦那様、行ってらっしゃいまし」

と嘉兵衛に声をかけ、

「お京さん、世話になりますよ」

と嘉兵衛が笑みの顔を向けた。

屋根船が嘉兵衛の命で止められたのは、汐留川河口から二十数丁（約二キロ）上流の新シ橋北詰の船着場だった。船から最初に船着場に上がったのは竹棒を携えた善次郎だ。乗物の乗り降りの瞬間、人は油断することを善次郎は承知していた。若い助船頭に注視されながら下りる嘉兵衛を善次郎が迎えた。

船着場に下り立った嘉兵衛が最後に屋根船を下りようとした手代の参之助に、

「こたびは、供をせずともようございます。しばし船でお待ちなされ」

と命じた。そして、主船頭の梅五郎に、

「半刻、いや、一刻ほど待ってくだされ」

と願った。

河岸道に上がった嘉兵衛が、

「小此木様はこちらの信濃松代藩真田様の御屋敷を訪ねるのは初めてですね」

「初めてにござる」

「真田家は外様十万石の中藩ですがな、先代の幸専様が彦根藩主の井伊家から迎えられ、また当代の幸貫様も老中松平定信様のご次男でございましてな、真田家に養子に入られました。この二代にわたり、井伊家及び久松松平様より養子を迎えられたことにより、真田家は城中で譜代大名に準じられた扱いをお受けです」

と手短に説明した。

「嘉兵衛どの、さような真田様も内所が苦しゅうございますか」

「いえ、先代の幸専様は大手御門番を長年務めておられますれば、うちからの借財はありません」

となるとなんの御用か、善次郎は迷った。

「こたびのお呼び出し、越後屋の御用ではございませぬ。そなた様、小此木善次郎様が真田家家老職側役勝手係の矢沢兵庫助秀民様のお目に留まりましてな、私を通じてのお招きなのです」

「嘉兵衛どの、それがし、お偉い方には縁がございません。むろん真田家重臣の矢沢兵庫助秀民様にお目にかかった覚えはございませぬ」

「いえ、あちら様はご存じです。青柳道場で客分として腕を振るわれる小此木様を幾たびかご覧になったそうです」

なんと青柳道場で見られていたか、善次郎はいささか驚いた。

「とは申せ、浪々の身のそれがしに何用でございましょうかな」

「さあて、それは私も存じませぬ。まずは矢沢様にお目にかかりましょうかな」

六文銭の家紋で有名な信濃松代藩真田家の門前に小姓がふたりを待っていた。

「越後屋嘉兵衛様、よう参られました」

と迎えに出ていた小姓に案内されて江戸藩邸に入った。ふたりが小姓に案内された先は真田家の武道場だった。

広々とした道場の見所に真田家の重臣と思しき年寄りが五人ほど藩士たちの稽古を見ていた。その中のひとりが、

「おお、越後屋、参ったか」

と声をかけてきた。

善次郎はこの人物が青柳道場を知るという真田家の家老職の矢沢兵庫助秀民であろうと思ったが、道場で見かけたというはっきりとした記憶はなかった。

「御家老様、小此木善次郎様を伴いましてございます」

と嘉兵衛が口を利き、

「小此木善次郎どの、よう参った。それがし、そなたの剣術を幽霊坂の青柳道場で見てな、真田家の藩士たちにそなたの陰流苗木を見せたかったのだ」

と告げた。

「御家老様、それがし、武門高き真田家の道場で披露する剣術の持ち合わせはございません。陰流苗木なる剣術は、もはやご存じかと思いますが、美濃国も辺鄙(へんぴ)な苗木藩の小此木家に伝わる在所剣法にございます」

「そのことよ。戦国の御代(みよ)から二百数十年の時が流れ、剣術各派はなんとも見場(みば)のよい形だけの武術になっておるわ。当家藩主の幸貫様は、剣術本来の実戦技を

求めておられ、稽古所を設けようと考えておられる。それがしな、青柳七兵衛どのが主宰する道場でそのほうの陰流苗木を見て、これだ、と思ったのだ。呼び立てたうえにいきなり剣術を披露せよなどと非礼であることは承知だ。すまぬが、そなたが自称する在所剣法を見せてはくれまいか」

と丁重に願われた。

真田家の道場の雰囲気を見ただけで初めて訪れた剣術家は萎縮するであろう。この場で断ることができるとは思わなかったが、仲介に立った越後屋嘉兵衛を善次郎は窺った。

嘉兵衛は善次郎の戸惑いと困惑を察していたが、なにも言わずただ頷いてみせた。その無言の頷きに、

(陰流苗木だけではなく夢想流抜刀技も披露なされ)

と言っていた。

「矢沢様、それがしの在所剣法、ご一統様の前にていつもの稽古のごとくやってみます。なんぞご注文がございますかな」

「おお、受けてくれるか。注文がないことはない」

と言った矢沢が、

「そのほうの差し料、鎌倉住の刀鍛治長谷部國重の鍛造した一剣であったな」

「はい」

「できることなれば國重にて陰流苗木も抜刀技も観たいものじゃ」

「となればそれがし、このまま真田家の道場の雰囲気に気圧されたということで辞去致さざるを得ませぬ」

「なにっ、断るとな。いかなる曰くか、申し述べよ、小此木善次郎」

矢沢はもはや敬称を付けず呼び捨てにした。

「申し上げます。それがし、いささか考えがありまして、國重を神田明神社の御札にて封印しましてございます。もはや國重の刃と相まみえることはどなたもありませぬ」

「なに、神田明神社の御札にて封印致したとな」

「いかにもさよう」

「武士が、いやさ、剣術家が愛剣を封印するとはどういうことか。万が一、事が起こった折り、どうする気か」

「携えております古竹にて対応する所存にござる」

「小此木善次郎、竹棒で刀に対応すると申すか。いささか傲慢と言いたいが、愚かな考えよのう」

善次郎はただ頷いた。

しばし間を置いた矢沢が、

「よかろう、小此木善次郎。そのほう、それがしが選ぶ真田家家臣と竹棒で対戦せよ、むろんわが家臣らは日ごろ腰に差した剣にての対戦である。十人悉く竹棒で倒さねば、そのほう、真田家から骸で越後屋の家作、一口長屋に戻ることになる」

と言い放ち、その言葉を聞いた嘉兵衛が悲鳴を上げ、

「ご家老様、小此木様を説得致します。しばしお待ちくだされ」

と懇願した。すると矢沢が返事をする前に善次郎が、

「矢沢様、竹棒にてお相手仕ります」

と言い切った。


善次郎は道場の端に長谷部國重を置き、杖のように携えてきた竹棒を置くと真田家道場の床に座し、矢沢が十人の家臣を選ぶのを瞑目して待った。

「お待たせ申した」

と小姓と思しき声がして、善次郎が両眼を開いた。

道場で稽古していた家臣たちが壁際に下がり、選ばれた十人の家臣たちが各々刀を携えて緊張した顔で並んでいた。

頷いた善次郎は傍らに置いた竹棒を手に立ち上がった。

「小此木善次郎、そのほうの注文どおり、剣と竹棒の勝負となった」

と矢沢が見所前から告げた。

「矢沢様、いまひとつお願いがございます」

「申せ」

「どのような結果が生じようと真田家道場での立ち合いの模様と結果、この道場の外に漏れることはなきようにしていただきとうございます」

「ただ今から真剣と竹棒の勝負は催されるが、その模様は一切外に知られてはならぬというか」

「いかにもさよう」

しばし間を置いて矢沢は、

「承知した」

と請け合った。

矢沢が選ばれた十人の家臣のもとへ行き、何事か話し合った。その結果、横並びの十人のうち、なぜか三人が見所側に位置を変えた。

「小此木様、まさかかようなことをご家老がお考えとは全く存じませんでした。お詫びのしようもございません」

「嘉兵衛様、致し方ございませぬ」

「小此木様、せめて刀の封印を一時解くことはなりませぬか」

「國重を手にしたところで、十人を相手にそれがしが勝ち残る保証はなにもございません。これもまた剣術家小此木善次郎に課せられた運命でござる」

と言い切った善次郎に、

「ただ今一番手から三番手に並び替えられたご家来衆は、松代藩真田家のご家来衆の中で一、二を争われる方々です」

と囁くと、嘉兵衛はすっ、と善次郎の傍らから離れた。

十人とは別の年配の武家が、善次郎との間に立ち、

「それがし、真田家江戸藩邸武道場の筆頭師範疋田忠則にござる。真剣対竹棒勝負の審判を務めさせていただく。ご両者、よいな」

と名乗った。

家臣十人が即座に頷いた。藩中の、それも武道場師範の疋田が審判を務めることで、半数ほどの者がどことなく安堵した表情を浮かばせた。

「小此木どの、なんぞ注文がござるか」

「ございます」

「なんだな、この期に及んで注文とは」

「注文があるかと問われたのは疋田どのです」

「まさかと思うたが、今さら真剣に替えたいなどと言うまいな」

「いえ、それはございませぬ。ただし十人と交代で立ち合うなど、いささかまどろっこしいですな。あれにおられる一番手から三番手の三人ごいっしょに立ち合いとうござる」

武道場内から驚きや罵り声が善次郎に向かって投げられた。

「ほう、三人いっしょにな。そのほう、承知か、三人ともに藩主の警固を務める警固方の番頭格じゃぞ。ひとり目は真田家代々の正真流(しょうしんりゅう)の遣い手の」

真田家に伝わる正真流剣術はのちの北辰一刀流(ほくしんいっとうりゅう)へと継承される流儀だ。

「お待ちくだされ、審判どの。それがし、名もなき在所剣法の実戦者にござって、対戦者の流儀や御役目や身分、お名前はお聞きしても覚え切れませんでな。ともあれ一番手から三番手の方々三人と同時に立ち合いとうござる」

「おのれ、下郎め」

「いかにも下郎にござる。審判どの、そなたも三人に加わりますかな」

疋田がなにか言いかけたが、三人の中のひとりが、

「疋田審判、かような雑言はこやつの使う手にござろう。まずはわれら三人で事を終わらせ申す」

と言い切った。

その者は三十代半ばか、手にしていた刀を腰に差し落とした。ふたり目の長身は二十代の後半か、すでに刀は腰にあった。三人目の小太りは二十一、二の若手だった。最後に反りのほとんどない剣をゆっくりと腰に手挟んだ。

善次郎は、節を丁寧に削った古竹を左腰に刀同様に差し、三人に一礼した。

三人はなにも言わずただ善次郎を睨んだ。

終章

四半刻後、越後屋嘉兵衛と小此木善次郎は屋根船に飛び乗ると、気配を感じた主船頭の梅五郎が、

「舫いを解け」

と助船頭に急ぎ命じて船を汐留川へと出した。

櫓の音が響いていたが、だれも話をする者はいなかった。

善次郎の傍らには封印されたままの長谷部國重があった。手に老竹が持たれていた。嘉兵衛が、

「小此木善次郎様、そなたは化け物ですか」

と質すとも独り言ともつかぬ口調で漏らした。

善次郎は屋根船の胴ノ間に向き合って座す嘉兵衛を見たがなにも答えなかった。ただごつごつとした節を削った老竹を触っていた。

「真田家といえば武門高き大名家ですぞ」

この日に何遍(なんべん)も聞かされたことを嘉兵衛が繰り返した。

「さような大名家を代表する三人の警固方に、小此木様の腰に手挟んだ老竹がまるで國重を使った夢想流抜刀技のごとく抜かれて、刀を抜きかけたひとり目の胴を叩き、ふたり目の抜き放った刀を老竹が叩き落とした」

と言い添えた。

だが、善次郎はなにも応じなかった。

嘉兵衛は、善次郎の三人目への対応を思い出していた。

さすがは真田家の武官、三人目の相手は抜き放った真剣で腰を沈めた善次郎の肩口に鋭く斬り込んできた。

「嗚呼」

と嘉兵衛は悲鳴を思わず漏らしていた。

次の瞬間、相手の刀の動きを見上げつつ善次郎は横手の虚空に跳び、ごろごろと真田家の道場の床を転がっていた。

「おのれはそれでも武士か、剣術家か」

と名も知らぬ三人目の武芸者が叫んだ。

間合いを取った善次郎は、ゆっくりと立ち上がっていた。

相手は刀を振るった位置から動いていなかった。

(これが真田家に伝わる正真流か)

と善次郎は思いながら、改めて間合いを詰め、

「美濃国の片隅苗木城下に伝わってきた陰流苗木や夢想流抜刀技は、そなた方が喝破されたように下郎剣術にござってな、どのような手も使いまする」

「いかにも、下郎剣術には刀でのうて竹棒が似合うておるな。だが、一撃目は逃げられたが二撃目からは逃れられぬ」

と言い切った相手が正真流の正眼に豪剣をゆっくりと構えた。

「お相手仕る」

善次郎は竹棒を突きの構えで応じた。

両人の間合いは一間とない。

刀の切っ先と竹棒の先端は二尺ありかなしか。どちらかが踏み込めば勝敗が決する。

真剣が竹棒に触れた瞬間、小此木善次郎は敗北する。相手の怒りを考えに入れ

れば、死もありえる。

　両人が睨み合い、善次郎の持つ棒先を見ながら相手が上段へと刀を上げていった。

　善次郎は正眼から上段に移された豪剣の動きを見つつ、不動の構えで待った。

　相手の剣が上段で寸毫の間、止まった。

　その瞬間、善次郎は突きの構えをしていた竹棒を己の胸へと引き寄せると同時に、大胆にも相手の上段の剣が落ちてくる場へ向かって跳び込んでいた。

（ござんなれ）

　とばかり刃が虚空を裂き、善次郎の肩口に落ちてきた。

　善次郎は逃げなかった。

　一直線に間合いを詰めると同時に構えた老竹の先端が相手の喉に伸ばされた。

　直後、

「うっ」

　という呻き声を発した相手は竹棒の先に喉を突き破られて後方へと飛ばされていた。

　どさりと背から落ちた相手は悶絶した。

しばし間を置いた善次郎は、見所の家老職矢沢兵庫助に一礼すると、長谷部國重を摑み、ゆっくりと藩道場を出た。

背後の道場内は森閑としたままだ。善次郎が真田家の表門を出た折り、嘉兵衛はやっとあとから追いかけてきた。

屋根船が大川に入っていた。

「越後屋どの、それがし、一口長屋より辞去致す」

善次郎が真田家の藩道場を出て以来、初めて発した言葉だった。

「なぜさような真似をなされますな」

「越後屋どのの警固方として、なしてはならぬ行いであった」

「真田家の家老職矢沢様よりそなた様を藩邸に連れてこよと願われ、最前の立ち合いも先方の注文で仕方なくなしたことですな。立ち合いは時の運、と申したいが小此木善次郎様と真田家の家臣方では力が端から違いましたな。すべては真田家の目論見違いにございますよ」

「それがし一家、一口長屋に住み続けてようござるか」

「悪しき行いをなにひとつしておらぬ小此木様一家が、どこぞへ引き移る目に遭う要はありませんな」

嘉兵衛はそう言いながら、真田家江戸藩邸家老職の矢沢兵庫助はこの結果になることを推量して、家臣団との立ち合いを企てたのではないかと考えていた。武門で知られた真田家の向後百年を熟慮し、あえて惨敗という結果を齎し、奮起させる一助とした。

「そなた様の務めはまだまだ向後ともありますな」

嘉兵衛が善次郎を正視した。

「仕事が絶えぬことが小此木善次郎様にとって良きことかどうか。しかしそなた様の御用とはだれかに求められてそれに応えるものでございますよ。本日の立ち合いを見て、商人の嘉兵衛はそう考えました」

と言い切るのに、善次郎は無言で応じていた。

櫓の音だけがただふたりの耳に響いていた。

完

光文社文庫

文庫書下ろし／長編時代小説

未だ謎(いまだなぞ)　芋洗河岸(いもあらいかし)(3)

著者　佐伯泰英(さえきやすひで)

2024年3月20日　初版1刷発行

発行者　三宅貴久
印刷　萩原印刷
製本　ナショナル製本

発行所　株式会社　光文社
〒112-8011　東京都文京区音羽1-16-6
電話　(03)5395-8147　編集部
8116　書籍販売部
8125　業務部

ISBN978-4-334-10235-7　Printed in Japan

組版　萩原印刷